DAEMON'S BULLET
〈악마의 탄환〉
그 힘은『소멸』.
피탄자의 존재도
공적마저도 말소하여
세계를 새로운 형태로
재편성한다―.
꿰뚫린 전장은
거기서 사라져라 II
―탄환 마법과 고스트 프로그램―

"미안하다, 레인. 좀 도와줘라."

큰형님 같은 성품이지만, 억센 일면도 있음.
레인의 절친이자 사관 학교의 기수장.

오르카 댄도로스
ORCA DANDLOS

고스트
망령 소녀. 레인과 함께 싸운다.
『악마의 탄환』의 본래 소유주이자

에어 알란드 노아
AIR AIRLAND NOAR

"—가끔 예상도 못 할 일을
저지르는구나, 너는."

"황천의 말로에서도."
나는 잊지 않겠어. 지옥 밑바닥에서도,
"비록 존재가 사라지더라도

목표로 『악마의 탄환』을 쏜다.
사관후보생 소년, 「전쟁 없는 세계」를

레인 란츠
RAIN LANTZ

핸들러
조종수 소녀, 지난 전투 후 비밀이 생겼다.
천진난만한 사관 학교의 여생도.

애슬리 매거멧
ASRRY MAGMET

레인이랑, 그 아이가——."
"나—— 알아.

그 녀석에게서 떨어져!
“별로, 내키지는 않네요.”
설산 안에서 나타난— 흑의의 소녀.
정체 따위야 아무래도 좋다.
직감이 경종을 울린다.
이 녀석은— 위험하다고.

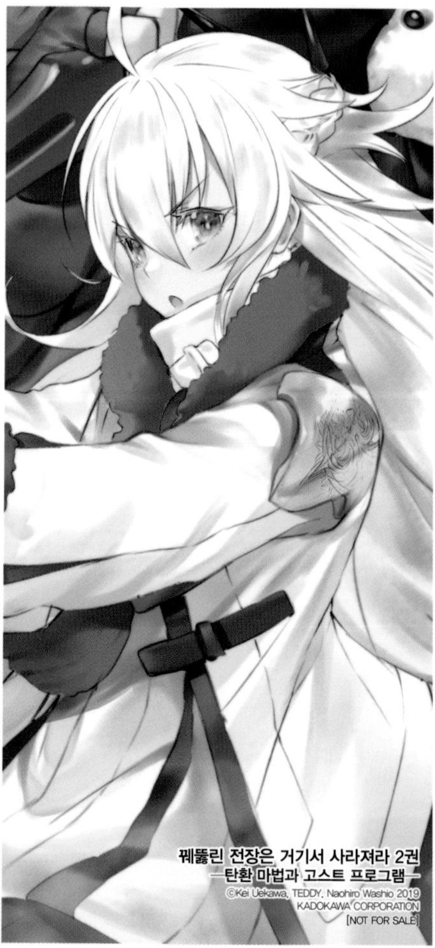
꿰뚫린 전장은 거기서 사라져라 2권
—탄환 마법과 고스트 프로그램—
©Kei Uekawa, TEDDY, Naohiro Washio 2019
KADOKAWA CORPORATION
[NOT FOR SALE]

검술과 『수정의 탄환』으로 싸운다.
서로 대립하는 서방국의 새로운 망령.
데드림
DEADLIM
‘큭, 쏴야 하는데—.’

1인용 공간이니까
당연하잖아!

좁아……。

MECHANI

메카닉 디자인 와시오 나오ㅎ
MECHANIC DESIGN BY NAOHIRO W

EXERIA PROTOTYPE—ε1

동방국 제정 오르토메니아식 제2세대 엑세리아 시험기 『포문형』

엡실론
[ε1]

수학자 클레이스 파르망이 개발한 「플로 엔진」을 탑재한 제2세대 엑세리아. 생산은 시험 용도의 불과 몇 기뿐. 중앙부에 주포를 1문만 탑재했고, 플로 엔진에서 출력되는 방대한 에너지를 압축한 열량포 발사 기구가 특징적이다. 총기를 탑재하지 않음으로써 경량화를 실현시켜왔던 엑세리아의 설계 구상에 역행하는 격의 존재이며, 그러한 특수성 때문에 많은 연구자는 실전에 버티지 못할 것이라 예측하고 있다. 제2세대 엑세리아는 다른 형태도 몇몇 있다고 알려졌지만, 대부분이 기밀로 분류된지라 상세 내용은 불명이다. 그럼에도 정보를 얻은 타국은 강탈을 노렸고, 최초의 대상으로 선택된 것이 포문형 『ε1』이었다.

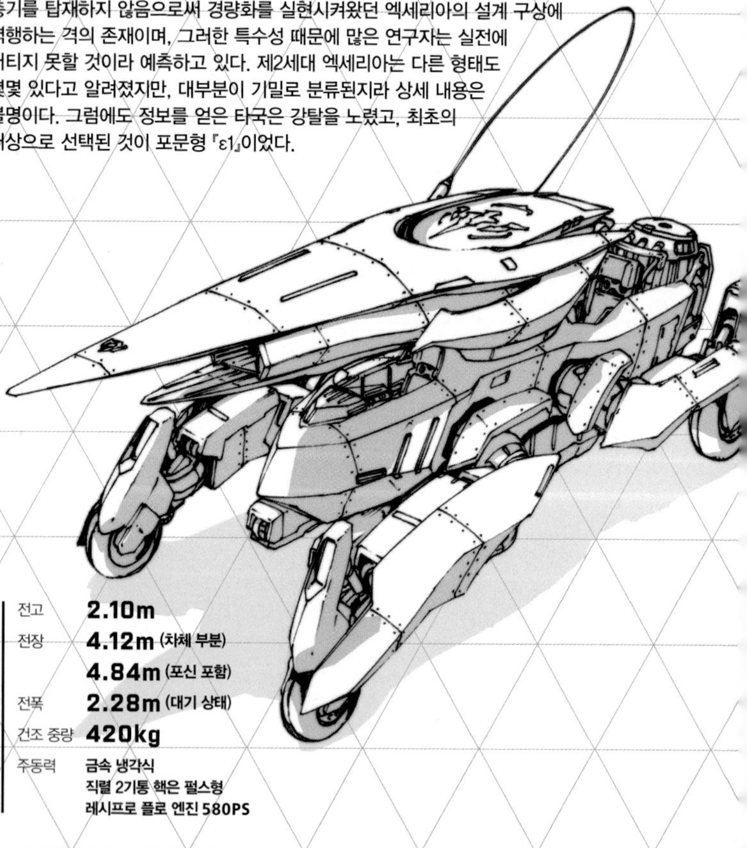

SPECIFICATION

전고	**2.10m**
전장	**4.12m** (차체 부분)
	4.84m (포신 포함)
전폭	**2.28m** (대기 상태)
건조 중량	**420kg**
주동력	**금속 냉각식** **직렬 2기통 핵은 펄스형** **레시프로 플로 엔진 580PS**

꿰뚫린 전장은 거기서 사라져라

-탄환 마법과 고스트 프로그램-

II

우에카와 케이 지음
TEDDY 일러스트
김성래 옮김

탄환 마법이 음속을 넘어 관통한다.

마도사가 날리는 탄환 마법은 내재된 마력에 의해 경이롭다고도 평할 수 있는 효과를 발휘하게 해주며, 어느덧 기계 병기마저도 꿰뚫는 일격 필살의 흉탄으로 승화되었다.

그러나 그 음속을 넘는 탄환을 예견하는 능력이 존재한다.

바로 『공각질(共覺質)(쿼리아)』이다.

시각·청각으로 얻는 정보에 더하여 직감적인 감성으로부터 『다음 순간』을 예측하는 그 능력을 갈고닦은 마도사의 수읽기는 「예지」라고도 말할 수 있는 미래시까지 도달한다.

그 때문에 비로소 마도사는 전장의 특이점이 된다.

초음속의 탄환마저 회피를 가능케 하는 특수한 병력—.

그들이 마도사다.

평범한 사람은 결코 다다를 수 없는 영역.

또한.

"—큭."

마도사 소년 레인은 그 예지를 한계까지 바짝 연마했다.

사방이 온갖 나무들에 둘러싸인 곳. 무성하게 자라난 나뭇가지와 잎사귀가 시야를 막는 가운데, 막 뛰어들려던 곳에 대량의 총탄이 발사되어 박힐 것을 예지한 뒤— 기세를 늦추지 않고 다리부터 미끄러지며 전선을 단박에 통과한다.

"헉, 허억……!"

숨을 헐떡거리며 달린다.

머리 위쪽으로 탄환이 스친다.

착탄한 장소에서 격한 화염이 피어올랐지만, 그 충격을 최소한으로 억제한 뒤 멈춰 서는 대신에 몸을 날려서 주저하지 않고 적지로 뛰어들었다.

그러나, 직후.

"큭."

눈앞을 가로지르는 그림자.

검은 무엇인가가 레인에게 돌진했다.

예지가 치달린다.

—위험.

즉각 복부를 감쌌다.

다만, 동시에 위쪽에서 내리박히는 충격이 레인의 몸을 꿰뚫었다.

"꺼억, 흡!"

몸을 못 가누고 바닥에 나뒹군다.

숨이 막혔다.

일어서려고 애써도 강렬한 아픔이 다리를 묶었다.

몽롱한 의식으로 힘겹게 고개 들었더니.

"으, 제길……."

백색을 기조로 하는 군복이 보였다.

서방국의 마도사.

매복해 있던 습격자였다.

레인은 일어서지 못했고, 기습에 성공한 적병은 마지막 일격을 위해 움직인다.

철컥, 눈앞에 총신이 드리워졌다.

—죽는다.

그렇게 생각했다.

다만.

『70초.』

가슴께의 무전기에서 들리는 음성.

냉담한 목소리.

도무지 전장에는 어울리지가 않는— 앳된 목소리.

『자, 대충 시간이 됐네.』

소녀의 독백.

그렇지만 레인에게는 무척 친숙한 목소리.

전장에 있는 것 같지가 않은 나른함.

그렇지만.

『세계를 수정하겠어.』

그 말을 마지막으로.

"윽—."

기우뚱, 쓱.

레인은 현기증 같은 비틀림에 사로잡혔다.

순간.

세계가 개변되었다.

CONTENTS

꿰뚫린 전장은 거기서 사라져라 II

—탄환 마법과 고스트 프로그램—

THE PENETRATED BATTLEFIELD SHOULD DISAPPEAR THERE

BULLET WITCHCRAFT AND GHOST PROGRAM

나는 잊지 않는다.
지옥 밑바닥에서도,
황천의 말로에서도—.

1. 새로운 엑세리아

"꺼억, 흡!"

쿨럭쿨럭, 레인은 격하게 기침을 내뱉었다.

"큭……."

—감각의 변화.

직후, 레인의 신체에서는.

'아픔이—.'

방금 전까지 선명했던 격통 및 부상은— 모두 사라졌다.

연기처럼.

'…….'

그러나 불과 1초 전까지 호흡을 멎을 지경이었던 감각만큼은 남아 있었고, 아울러 지난 상태를 정신이 기억하고 있었다. 숨을 쉴 때마다 폐가 통증에 시달렸던 감각과 함께—.

호흡을 가다듬었다.

그리고 겨우 시선을 들어 올려다보니.

그곳은 설원이었다.

'여기는…….'

총탄이 난비하는 삼림이 아니다.

하얀 설원이었다.

주변 일대가 백은의 세계.

산간 지대인지라 조망 상황은 안 좋지만, 그럼에도 적군은 이미 없었다.

그뿐 아니라 아군의 병사마저도 없다.

개변된 세계—.

그곳에서 레인은 전장이 대략 3미터쯤 되는 기계 병기— 동방국제 엑세리아 M4에 탑승해 있었다. 지금 상황은 삼림을 뛰어다니던 방금 전까지와 전혀 달랐다.

중후한 기계 병기와 함께, 레인은 홀로 고독하게 설원 위에 있었다.

—아니.

“못살아, 진짜.”

혼자가 아니다.

레인의 눈앞, 그곳에 있음에도 고개 돌리지 않은 채 엑세리아의 앞좌석에 앉아서.

“레인.”

이쪽의 이름을 불러서 권태로운 목소리로 말을 건네는 존재가 있었다.

당연하다는 듯이.

한 존재가.

“잠깐 눈을 뗀 틈에 혼자 픽 죽어 나갈 뻔했잖아. 뭐야, 명령했는데. 내가 준비를 마칠 때까지 하다못해 70초는 잘 도망쳐 다니라고.”

"……미안해."

"못살아."

소녀는 말했다.

70초.

저 숫자는 방금 전 무전기에서 들렸던 카운트의 숫자이며 『발동』의 타이밍이었다.

"뭐, 결과적으로는 이렇게 살아 있으니까 상관없지만."

"……여긴 어디지?"

"글쎄? 나도 숲속에 있었는데 갑자기 여기였거든."

은빛의 장발.

은색 눈동자.

투명하리만큼 색이 엷지만, 백설의 위쪽에 있음에도 큰 존재감을 주는— 그토록 아름다운 은발을 빗질하면서 소녀는.

"아마 방금 전까지 있던 전장에서 꽤 멀리 떨어졌을 거야. 주위에 아무도 없는걸."

"……에어, 이번 『재편성(리프로그램)』은……."

"물론."

은빛의 소녀— 에어는.

"내가 쓴 게 당연하잖아. 악마의 탄환을."

짧게 답했다.

아울러 언급했다. —악마의 탄환이라고.

그것이 이번 『불가사의』를 일으킨 힘의 원천이라고—.

가만히 긍정하면서 에어는 남쪽 방향으로 시선을 보내더니.

"그건 그렇고, 생각했던 것보다 이번에는 적군의 수가 많았어."

깔보는 듯한 시선까지 더하면 나이와 어울리지 않지만, 외모만 보면 가녀린 소녀가 머리 하나는 더 훌쩍 커다란 소년 레인에게 강한 어조로 말을 건넨다.

"70초— 마도사 다섯 명을 상대해서 그만큼 도망칠 수 있다면 신병치고는 아마도 제법 괜찮은 수준이겠지만, 전장에서 앞으로도 쭉 살아남기에는 역시 약하구나, 넌."

"……알아."

"평범한 마도사를 상대한다면 대충 쓸 만한 실력이라는 게 지금 시점에서 주는 평가야. 그렇지만 만약에 지금 상태로 『망령(고스트)』과 마주친다면 너 혼자서는 아무것도 못 하고 죽겠어."

신랄한 평가였다.

그러나 그 말이 옳기 때문에 레인은 반론하지 못했다.

은발 소녀는 망령이라고 불리는 존재다.

평범한 마도사들은 도달할 수 없는 무력을 보유했다.

이름은 에어.

은색의 머리카락과 등에 멘 대형 화기는 소녀의 특징이자 최대의 무기이지만, 본질은 그런 단순한 외양이 아니라 오직 소녀만이 제작 가능한 「은빛의 탄환」에 있다.

—악마의 탄환.

그 탄환에 맞아 꿰뚫린 인간은— 사라진다.

게다가 단순한 죽음이 아니었다.

그 인간에 의해 이루어졌던 공적, 성과, 결과까지 전부 사라질 뿐 아니라 이제껏 살아왔던 흔적 및 세계에 대한 간섭이 전부 소거된다. 만약 영웅을 낳은 어머니가 총에 맞는다면 영웅의 존재가 사라지고, 총기를 개발한 인물이 총에 맞는다면 총기가 존재하지 않는 세계로 바뀐다.

리프로그램
—재편성.

세계의 개변을 소녀가 호칭하는 말이다.

그리고 탄환을 손에 넣었던 소년 레인은 이제까지 몇 번이고 사용해왔다.

온갖 죽음을 행사하는 군관.

심대한 살육을 거듭 반복했던 적장을 처단하여— 세계를 바꿔왔다.

압도적인 힘이었다.

인간을 공적과 함께 소거할 수 있는 탄환은 무력한 소년이 손에 넣은 진정한 힘이었다.

바꿀 수 있다.

종결지을 수 있다. —이 전쟁을.

그렇게 확신했다.

하지만.

"뭐, 됐어."

그 강대한 힘도 결단코 만능은 아니었다.

"긴급 피난 비슷하게 악마의 탄환을 쓰긴 했다지만, 아까 전 단계에서 이쪽은 기갑 부대의 2할이 이미 손실됐었어. 이번 전투에서 우리에게 승산은 없네."

어차피 지는 싸움이야.
소녀는 말한다.
의복에 살짝살짝 내려 쌓이는 하얀 눈.
조금 우박이 섞인 눈을 걷어 내면서 에어는.
"오늘은 이만 끝내도록 하자."

'……제길.'
레인 란츠에게 탄환 마법은 하나의 무기였다.
어릴 적 전쟁의 불길에 휩쓸려서 가족과 고향을 잃은 지 10년 가까이. 더 이상 소중한 것을 빼앗기지 않기 위하여 습득했던 기예가 마술이며, 전장의 중핵이 되는 탄환 마법이었다.
물론 상위의 군인이나 마도사를 이길 수 있다고 자만하지는 않는다.
그럼에도 실전에서 거듭 사선을 헤쳐 나왔다.
마도사가 모인 학교에서도 거의 적수가 없었다.
그만큼 자신이 보유하고 있는 마술과 기술을 평가하고 있었던 환경에서—.
"진짜 입만 살았다니까."
아레스트라 교도원.
젊은 나이의 탄환 마법 사용자를 육성하기 위한 사관학교.
그곳의 서문 위에서 에어와 레인은 나란히 이웃하여 앉아 있었다.
시간은 아침 해가 떠오를 무렵.

이 시간에 외진 서문의 주변을 걷는 사람은 없기 때문에, 상의를 하기 위해서 고른 장소였다.

석문의 위.

달리 아무도 없다.

그래서 더더욱.

"한심하네."

에어의 말이 더 깊숙이 박혔다.

저번 전투 이후로 꼬박 하루가 경과했다.

어제 딜렌 삼림에서 벌어졌던 국지전— 결과는, 전투 초반부터 우세를 유지했던 서방국이 끝내 승리를 수중에 거두었고, 동방국은 국내 유수의 육로를 하나 잃어버리게 되었다.

결코 작은 손해가 아니다.

전시 상황에 주요한 운송 경로를 잃어버린다 함은 살아가기 위한 동맥이 절단되는 격이며, 동시에 중요한 일전에서 패배를 당했다는 사실도 낳았다.

결과적으로 군부 전체의 사기 및 통솔 체계에도 큰 영향을 준다.

패배의 기운에 휩쓸린다.

그래서 더더욱— 꼭 이겨야 했었다.

어제의 일전은.

그야말로 큰 희생을 치러서라도.

하지만 어제 전투는 사람의 존재를 지우는『악마의 탄환』까지 동원하고도 뒤집을 수 없었다.

—아니.

"이제 4연패네."

"……잘 알고 있어."

최근 1개월— 레인은 참가했던 모든 전장에서 패배를 감수해야 했다. 악마의 탄환을 손에 넣은 이후로 몇 개월, 많은 전장을 전전하면서 마도를 행사했으며 또한 바꿔왔다.

세계를.

전장을.

비극의 연쇄를 낳는 장교들을 다수 처단하며 세계에 줄곧 간섭해왔다. 그렇게 많은 결과를 바꿨고 조금씩이나마 확실하게 이 전쟁은 종전을 향해 나아갈 수 있었다.

그러나, 적국『서방국 하버란트』.

건국 이래 타국의 침략을 한 번도 용납한 전적이 없는 열강의 하나.

그 중추는 치밀하며 강인한 국력을 보유했다.

레인이 행사했던『악마의 탄환』의 간섭— 그것마저도 물리칠 만큼 병력을 증강시켰다.

악마의 탄환은 결코 만능의 힘이 아니었다.

대상에게 명중시켜야 효과를 발휘한다는 꽤 곤란한 조건을 달성해야 함은 물론이고, 쏜 대상이 전황을 좌우하는 데 적합한 인물이 아니라면 발동을 할 의미마저 사라진다.

신형 엑세리아를 양산하고 전략을 강구하여 악마의 탄환을 동원하고도 뒤집을 수 없을 만큼 커다란 우세를 쭉 만들어왔던 결과, 적대 관계에 놓인 동방국은 줄곧 연패가 이어졌다.
그렇다— 어제 하루가 아니었다.
'어떻게 해야 하나—.'
고뇌는.
'어떻게 해야 하나, 이제부터—.'
최근 들어서 줄곧 되풀이했던 고민이다.

—다만.
한편으로.
"어떻게 해야 할까요~."
아무 생각도 안 하는가……. 아니, 정확하게는.
"생각하기도 귀찮단 말야~."
진정 고민을 안 하는 목소리와 함께.
"……이봐."
"음. 뭐야."
보다 못해서 말을 붙였더니 옆쪽에 있던 은발은.
"이거? 산딸기는 안 줄 거야."
손에 든 자루를 쏙 숨긴다.
"아니야."
"……그러면 됐고."
은발 소녀— 에어는 레인의 말을 들으면서 자루에 가득 든 산딸기를 베어 먹고 있었다.
—산딸기.

겨울철에는 귀중한 과일.

그것을 먹기 시작한 이후 에어는 줄곧 흐뭇해하는 모습으로 앉아 있었다.

어제 전투를 막 치른 참인지라 이야기를 하기 위해서 이렇듯 아침 일찍부터 서문의 위쪽이라는 장소로 불러냈건만, 소녀에게 지친 기색은 티끌만큼도 없었다.

오히려 반대다.

멍하니 아침 해를 바라보면서.

산딸기가 가득 든 작은 주머니에 손을 푹 집어넣을 뿐이다.

항상 무뚝뚝한 얼굴이었는데 생글생글 기뻐하면서.

"그나저나 참 우중충한 얼굴이네. 그런 표정을 지어도 이미 진 결과가 사라지지는 않잖아."

"실실대는 낯짝보다야 낫잖냐."

"맨 먼저 전장에서 죽는 타입이네."

"……."

"고민이 없는 것도 고민이 지나친 것도 비슷하게 바보짓이야."

"바보짓이라니……."

"뭐, 됐어. 마음은 침울해도 이렇게 공물을 갖고 왔으니까."

답한 뒤 에어는 쏙쏙 산딸기를 입으로 가져갔다.

사실 저 자루에 가득 든 산딸기는 며칠 전 레인이 친구 애슬리한테 받은 선물을 절반쯤 나눠 주려고 가져왔다가 결국 이야기의 전반 중 에어가 가져왔던 양 전부를 먹어버렸다.

"더 없어?"

세상에, 추가 요구라니.

설마 가져왔을까.

'어휴—.'

맥이 빠진다.

돌이켜보면 이 소녀, 에어는 만났을 때부터 중증의 방약무인이었다.

—몇 개월 전.

학생병 레인은 전장에서 죽을 위기에 처했었다.

그러던 중 주웠던 은빛 탄환을 썼고, 그리고.

'그래, 탄환—.'

에어와 만났다.

소녀는 스스로를 『망령』이라고 소개했다.

그리고 전쟁의 불길 속에서 오래도록 목숨을 연명해왔던 존재라고 말했다. 그 이야기를 황당무계하다고 웃어넘길 틈조차 없이 레인은 다른 망령과 만났고.

'망령…….'

극한 상황의 전장에 내몰려서 싸워야 했다.

그리고 방금 에어가 말한 대로다.

만약 혼자서 『망령』과 대적했다면 확실하게 죽었을 테지.

그만큼 전쟁의 불길을 퍼뜨리기 위하여 혼을 속박당한 그들의 본성은 너무나 격렬했고 과격했으며 어느 무엇에도 침범당하지 않는 압도적인 힘을 지니는 괴이한 병력이었다.

마술의 극한에 속하는 존재— 그것이 망령이다.

그런 존재들과 치른 전투는 주위의 온갖 대상을 끌어들여서 다 함께 파괴했다.

수많은 인간이 죽어 나갔다.

수많은 도시가 불살라졌고 돌아오지 못할 결말과 새로운 비탄을 만들어 냈던 일련의 전말.

그럼에도— 조금이나마 남았다.

레인의 바로 곁에.

1개월 전—.

저번 망령들과의 전투에서 레인과 기묘한 협력 관계를 구축했던 에어는 임시 보금자리였던 아레스트라 교도원에 아직 남아 있었고, 이렇듯 레인의 곁에서 쭉 머물러주고 있다.

그런 기묘한 관계.

불안정하기에 언제 끊어질지도 알 수가 없다.

그러나 지금 이 순간은 분명하게 이곳에 있다.

소녀는— 망령 중 한 사람.

은색의 마도사.

어느 누구보다 강하고 고고하면서.

고결하기에 어느 누구도 범접할 수 없는 자부심과 긍지와 가졌으면서— 정작 심지는 연약한 소녀.

망령 에어.

소녀는 이렇듯 전장이 아닌 장소에서도 아무렇지도 않게 옆쪽에 앉아주게 됐다.

아울러.

"일단 이야기는 나중에 하자. 좀 춥네."

결국.

아침은 기온이 너무 낮다는 이유를 들어 에어는 벌써부터 돌아갈 채비를 하기 시작했다.

사실상 에어는 잡담 나누기와 산딸기 한가득 먹어 치우기밖에 하지 않았지만, 추후의 방침을 진지하게 고민했었던 레인은 이완된 분위기를 도로 다잡고 싶은 마음도 있었던지라 납득했다. 다만.

"나중이면 언젠데."

"그거 말인데, 나는 지금부터 열흘쯤 잠깐 볼일이 있어서 학원 바깥으로 나갔다 올 거야."

"열흘이라니……."

길다. 자신의 심정 같아서는 당장에라도 이야기를 나누고 싶건만…….

"뭐, 네가 고민할 기간으로는 마침 괜찮겠네."

"다음 파병은 닷새 뒤에 있다만."

"나 없이 잘해봐. 엉뚱한 짓 하다가 죽지는 말고."

그런 한마디만 남긴 뒤 에어는 휙휙 떠나갔다.

—닷새 뒤.

에어가 없는 상황에서 레인은 파병지로, 하자르 호수로 이동했다.

국경에 위치하는 육지와 연결된 호수를 중심으로 하여 서방국에서 게릴라 습격을 빈번하게 수행하고 있는 전선의 하나이자, 이곳의 너머에는 자원의 요체가 되는 철광산이 자리를 잡고 있다.

이곳 하자르 호수를 빼앗기면 중요한 철 공급원을 잃어버리게 된다.

바로 그 때문에 학생까지 출동시켜서 인원을 확보하자는 명령이겠지만.

'안 좋은데—.'

레인을 비롯한 학생병이 도착한 뒤 이틀 뒤의 일이었다.

100일 남짓 만에 하자르 호수에 서방국의 습격 부대가 출현하여 전투가 개시됐다.

또한 이것은 초계 및 견제를 위한 전투가 아니었다.

—50기.

그것이 서방국이 하자르 호수 습격에 동원했던 엑세리아의 숫자였다. 각국이 1천 기 정도밖에 보유하지 못한 엑세리아를 그만큼 준비하는 것은 무척 어려운 과제였을 테지.

그렇지만 적은 실현시켰다.

반면에 동방국은 학생까지 더하여 고작 30기.

한 군데 방어선의 주둔지에 배치하기에는 적기에 비해 5분의 3이라는 숫자 가지고는 애당초 승부를 할 수가 없었다. 전투 개시부터 한 시간. 통상 병기까지 동원하여 저항했지만, 물량 공세로 하자르 호수까지 치고 들어왔던 몇 기가 그 병기들을 파괴하자, 전황은 단박에 기울어졌다.

진형을 갖춘 적군에게서 탄환 마법이 일제히 내리쏟아진다.

그 광경을 학생병의 신분으로 후위에서 대기하며 보고 있었던 레인은.

"제길……."

이를 갈 수밖에 없었다.

학생병이 전선에 가담하려면 먼저 본대에서 명령이 떨어져야 한다. 만약 이곳에 에어가 있었다면 독단 행동으로 빠져나가서 행동하는 방법도 가능했겠지만.

"으아……. 또 한 기가 당했어……."

지금 에어는 없다.

대신 엑세리아에 탑승해서 기체를 조작하고 있는 인물은.

"이럼 지겠네……."

"패배 이전의 문제야. 승부조차 안 되잖아……."

"으으, 빨리 철수 명령을 내려주면 좋을 텐데……."

동기생 애슬리였다. 입학 이후 쭉 짝을 이뤘던 소녀이며, 엑세리아 조종 기술은 학생 수준을 뛰어넘은 귀한 파트너다.

그러나, 그럼에도, 이 소녀는 에어와 온갖 의미에서 너무나 차이가 났다.

행동이 불가능하다.

왜냐하면 애슬리는 『악마의 탄환』을 알지 못하기 때문이다.

인간을 지워버릴 수 있는 이 탄환은 필히 지켜야 하는 비밀—아울러 애슬리가 악마의 탄환에 관해 파악하고 있지 못하는 이상 군명을 벗어나는 행동은 따라와 주지 않는다.

따라서 레인은 가만히 제자리에서 지켜볼 수밖에 없었다.

'이대로 가면, 이번 전투도―.'

아니― 만약 에어가 있었더라도 무리였을 테지. 그만큼 이번 하자르 호수 강습은 속수무책에 가까운 전력 차이가 있었다.

이윽고.

『동방군에 알린다. 제2부대 이외의 전 부대, 하자르 호수 하류로 이동하라. 철수한다.』

후위만 남긴 뒤 모든 부대에게 철수하라는 명령이 떨어졌다. 하자르 호수의 방어를 통괄하는 코바치 소장은 무의미하게 전투를 벌이지 않는다. 분명 동방국의 입장에서는 현명하며 최선의 판단이다.

이번 전투는― 패배했다.

누구의 눈으로 봐도 명백했다. 다만.

"좋아, 철수 명령이 떨어졌어! 물러날게, 레인!"

"……애슬리, 전진하자."

"엥?"

"전방 500미터의 바위 뒤편으로 가줘."

단 한 사람― 그 사실을 받아들이지 못한 소년이 있었다. 전원이 철수를 개시하는 와중에 장총을 고쳐 쥐더니 안전장치를 해제한 뒤 방아쇠에 손가락을 걸쳐 놓았다.

이대로―.

'이대로 또 패배할 수는 없잖아―.'

지난 수십 일, 동방국은 승리의 별을 하나도 거두지 못했다. 연패에 연패가 이어졌던지라 이 이상 패배하면 만회의 길이 없어진다. 이 전장은 어떻게 하든 바꿔야만 했다.

"어, 어어? 레인, 하지만, 철수하라고……."

"어서 움직여!"

"으—."

레인이 고함지르자 애슬리는 시키는 대로 기체를 전진시켰다. 철수 명령에 따라 물러나는 전선의 기체와 엇갈렸지만, 레인은 하자르 호수의 북방을 목표로 전진했다.

물론 마구잡이 돌격은 아니다.

제대로 된 작전은 있다.

'줄곧, 전장을 관찰했었다—.'

후위에서 관찰하며 적의 해석을 수행했던 결과, 적의 중추부대를 특정하는 데 성공했다. 별반 움직임 없이 전장을 쭉 둘러볼 수 있는 범위에 머무르는 몇 기가 적군의 요체이다.

그리고 저 안에 있을 사령관만 이 탄환으로 꿰뚫으면—.

'바뀔지도 몰라…….'

전장이.

그러니까 어떻게 하든 저격이 가능한 위치까지 이동만 마친다면—.

"아!"

그렇게 다짐하던 때였다.

레인과 애슬리가 탄 기체의 바로 옆쪽에서 강렬한 탄환 마법이 작렬했다. 직격은 모면했을 뿐, 근거리 폭격의 여파로 몸이 찢기는 듯한 충격파가 두 사람을 덮쳤다.

또한 피어올랐던 분진이 가라앉아 레인의 시야가 다시 밝아졌을 때.

"윽……."

애슬리의 머리에서 뚝뚝 피가 흘러내리고 있었다.

신음 소리와 함께.

"애슬리!"

"아, 레인……. 아야, 앗, 괜찮아, 돌이, 스쳐서……."

꿋꿋하게 대답한들 단지 스쳐서 생긴 상처가 아님은 명백했다.

둔기에 얻어맞은 정도의 충격이 아니라면 저런 상처가 나진 않는다. 그리고 애슬리가 애써 힘겹게 짓는 미소와 흘러내리는 피를 본 레인은.

"……애슬리. 돌아가서 부대와 합류할 수 있겠어?"

"응, 맡겨줘."

애슬리에게 다시 지시한 뒤 전선에서 이탈했다.

—승리하지 못한 전장을 뒤쪽에 남긴 채.

"진짜 멀쩡한데, 학교를 쉬라는 건 호들갑이야."

철수한 뒤 치료를 받았고 아레스트라 교도원에 복귀한 다음에도 학내의 입원 시설에서 이틀쯤 쉬게 된 애슬리는 붕대를 둘둘 만 모습으로 침대 위쪽에 누워 있었다.

부상의 분류는 피부 열상이지만, 꽤 강한 충격을 받은 까닭에 받은 조치다.

시각은 아침 8시.

강의 전 문병차 들른 레인은 아핫, 웃음을 짓는 애슬리에게.

“호들갑이 아니잖아. 머리를 부딪쳤는데.”

“호들갑이라니까. 뭐, 이렇게 매일 부지런하게 레인이 새댁 노릇을 해준다면 결과적으로 입원해서 이득을 본 것 같기는 한데?”

“새댁이라니…….”

“아, 달콤한 거 먹고 싶어라~.”

“……내일 가져다줄게.”

“응. 아, 레인은 강의 열심히 들어. 이제 난 빈둥빈둥 잠이나 잘 거야.”

대꾸한 뒤 이불을 뒤집어쓰는 애슬리.

마치 익살을 떠는 듯한 행동이었지만.

‘아직, 상처가—.’

아팠을 테지. 크게 찢어졌던 부분을 대강 꿰매어 붙여 놓았기에 진통제의 효과가 떨어지면 몹시 아플 것이다. 대화하는 동안에 웃던 얼굴도 어색했었다.

‘……어째서.’

어째서 뜻하는 대로 안 되는 것인가.

악마의 탄환이라는 힘을 손에 넣고도 전투에는 패했고, 파트너가 부상을 입게 만들었고—.

“……저녁때 다시 올게.”

“네, 네에~.”

레인은 입원실에서 나와 강의동으로 향했다.

"제길!"
아무도 없는 복도로 나왔을 때 레인은 충동적으로 벽을 걷어찼다. 그저 유치한 화풀이에 불과함을 잘 알았지만, 그럼에도 감정을 억제할 수 없었다.
짜증이 난다.
무엇 하나도 뜻하는 대로 이루어지지 않는 상황과— 바꾸지 못한 자기 자신에게.
'이대로는, 아무것도—.'
바꿀 수 없다.
조바심만 자꾸 쌓인다.
아울러 격정을 품은 채 자각해서 냉정해져야 함을 깨닫기 전에.
"……어?"
애슐리와 헤어진 뒤 거의 곧바로.
레인이 강의동에 발을 막 들여놓았을 때였다.
조금 늦게 움직였던지라 이미 많은 사관후보생들이 강의동에 있었지만, 생도들 거의 전원이 웅성웅성 떠들면서 왠지 입구의 게시판 앞에 잔뜩 모여 있었다.
—게시판.
"뭐야?"
기분은 무척 예민했었지만, 내용이 신경 쓰였던지라 쓱 들여다봤다.

그곳에는 새로 부착해 둔 종이가 한 장 있었다.

『수학과 3학년 레인 란츠

점심에 내 방으로 오도록 해요.

학장 클레이스』

"갑자기 뭔데."

혼잣말하며 걸어가던 때 마주친 동기들에게서 묘한 시선이 쏟아지고 있음을 깨달았다. 힐끔힐끔 쳐다본다기보다는 퍼뜩 놀라서 돌아보는 분위기였다.

'으음…….'

이유는 명백하다.

게시판으로 호출을 받았기 때문이다.

게다가 상대가 『학장』이라는 아레스트라 교도원의 가장 상위에 있는 인물인지라 직접 호출을 받는 사태는 좀처럼 드묾이 분명할 것이다.

'도대체 뭐냔 말이다…….'

아레스트라 교도원은 국내 최대의 사관학교다.

군부의 중추에 속한 인물은 거의 전부가 이곳의 학부 출신인 데다, 군인이 아니더라도 연구 기관의 소속으로 있는 인물도 많다. 또한 이름을 군적에 올려놓았어도, 총 한 번 만져보지 않고 소속되는 경우도 평범하게 가능했다. 오히려 레인처럼 정통파의 군속은 전체의 6할에도 못 미치고, 연령층 역시 학생으로 있는 젊은이들은 물론이고 연구원으로 있는 장년까지 폭이 넓었다.

개설되어 있는 전공과도 엑세리아 조작에 전념하는 포병과처럼 실천주의 쪽 부류가 있는 한편으로, 공학과 및 기계과처럼 책상 위에서 대부분의 역할이 끝나는 부류도 있다.

다만 어떠한 학부이더라도 사관후보생이라면 실전 훈련과 이론 강의 일부가 3학년까지 공통의 의무로 배정되어 있다. 전문에 따라 나누어지는 것은 4학년 이후의 이야기다.

바로 그 때문에 3학년인 지금은 보통 학생과 같은 생활을 보내고 있다.

'그나저나, 불쑥 호출이라니…….'

레인은 학장실 앞에 도착했다.

별관의 1층 안쪽.

이곳은 학장에게 용무가 없다면 거의 방문하지 않는 곳이다.

'무슨 볼일이지, 나한테…….'

남들처럼 긴장은 한다.

그럼에도 나아가야만 했다.

검은 문을 바라본다.

그곳에는 손 글씨로 『노크는 하지 말도록』이라고 쓰여 있었다.

"실례하겠습니다."

지시대로 문을 열고 입실했다.

들어간 순간 레인은 무의식중에 얼굴을 찌푸렸다. 지위와 어울리는 넓은 방이었지만, 학장실에는 대량의 서류가 잔뜩 쌓여 있기에 자연스럽게 새 종이 특유의『냄새』가 가득 들어찼기 때문이었다.

잉크에서 휘발된 알코올의 향.

서류투성이의 장소에 곧잘 떠다니는 냄새였지만.

"끙……."

"들어오자마자 실례가 아닌가요?"

"그리 말씀하셔도……."

레인은 얼굴을 돌렸다.

막 목소리가 들렸던 방향—.

"이런, 예의를 못 차리는 생도가 되어버렸군요. 1학년 시절에는 깍듯하게 예절을 차리면서 쓴웃음으로 이 냄새에 견뎠잖아요."

"그런 행동도 결국 실례가 아니었을까요……."

"내가 보기에는 어설픈 게 제법 귀여웠거든요."

"으음."

"세월이란 게 이리도 사람을 바꿔 놓는군요."

말하면서.

서류의 산 틈으로 얼굴을 내민 인물은 군복을 입은 여성이었다.

"오랜만이에요, 레인."

언뜻 본 인상은 마흔 살 정도로 보인다.

다만 실제 연령은 열은 더해야 함을 들었던 적이 있다.
체형은 가늚.
아리따운 여성.
군복의 가슴께에 있는 여덟 개의 훈장과 금박의 계급장이 아니라면 아무도 이 여성이 상급 사관이면서 동시에 이곳 국내 최고의 사관학교에서 학장을 맡은 인물이라는 생각은 못 하리라.
레인은 새삼스럽게 마주 바라봤다.
호출을 한 인물— 군복 차림의 여성과.
"아무튼, 어떤 용무가 있으십니까? 클레이스 파르망 소장님."

—클레이스.
클레이스 파르망 소장은 2년 전 학장으로 취임한 여성 사관이다.
본래는 수학과의 교수로서 기계 전차 엑세리아의 개발에 종사했었는데, 전임 학장이 사망한 이후 학장의 자리에 떠밀려 앉게 되었다.
보통은 아레스트라 교도원의 학장 취임을 영전으로 받아들일 테지만, 특별히 명성을 바라지 않았던 클레이스는 쓸데없이 일거리만 늘어났다면서 한숨지었던 것을 기억한다.
"다시 여쭙죠."
레인은 문을 닫고는 말했다.
"어떤 용무이십니까?"

"용무라고 할 용무는 없는데 말이에요."

"없는 겁니까?"

"서두를 필요는 없잖아요?"

일단 앉아요, 권해주는 대로 소파에 앉았다. 그리고 미리 준비해 두었을까, 음수대 쪽에 우려내고 있었던 홍차를 가지고 왔다.

예의는 일단 지켜야할 것이다.

입술을 적실 정도로는 내어 준 홍차에 레인은 입을 가져갔다.

한편 클레이스도 정면에 앉아 마찬가지로 차가운 홍차에 입을 가져간다.

그다음.

"……."

"……."

침묵이 이어졌던 터라.

"……저기."

"뭔가요?"

"제 성격의 문제입니다만, 잡담은 전부 생략하고 용건을 빨리 여쭙고 싶습니다."

"사람 참 급하네요. 어쨌든 원한다면 어쩔 수 없죠. 일단은 묻겠어요."

"네."

"학교는 즐겁나요?"

완전히 잡담이었다.

말을 듣기는 한 것인가, 이 사람.

"아뇨, 아녜요, 레인. 나한테는 아주 중요한 질문이에요. 각 학년에 세 명밖에 없는 수학과 생도인걸요. 2학년이 될 때까지는 자주 연구를 거들어주러 왔었는데 요즘은 얼굴을 거의 안 보여주니까 걱정도 되잖아요?"

"진급해서 파병이 많아졌으니까요."

"참 싫네요."

전쟁이란 게, 클레이스는 말을 이었다.

한편.

'왜 부른 거야, 도대체…….'

레인은 이번에 학장에게 받은 호출의 개요를 파악할 수 없었다.

—클레이스 파르망.

레인이 아레스트라 교도원에 소속됐던 때부터 면식이 있는 소수의 인물 중 한 명이다. 소속 인원수가 가장 적은 수학과의 과정을 선행하게 됐던 1학년 무렵, 그 학과의 교수였던 클레이스에게서 레인은 꽤 잦은 빈도로 교육을 받았었다.

비록 인원수는 최소일지언정 상위 성적의 생도밖에 전공을 못 하는 수학과에서 교수로 있던 클레이스는 유달리 총명했고, 이 사람에게서 받는 지도는 대단히 귀중했다.

성격은 온후.

언동은 이지적.

상급 사관이라는 생각이 안 드는 인격자라는 것이 꾸밈없는 클레이스에 대한 평가다.

실제 레인의 입장에서 신뢰할 수 있는 소수의 어른 중 한 명이이었고, 이 사람의 연구를 거들던 때는 학내의 누구보다도 많은 대화를 나눈 상대였다.

그렇지만— 그것도 1년 전까지다.

제4차 공격전이 격화되어 전투가 각 지역에서 발발하게 됨에 따라서 클레이스와 접촉할 기회는 점점 줄어들었다. 애당초 학장으로서도 교수로서도 연구자로서도 바쁜 이 사람의 처지에서 학생에게 할애하는 시간은 여가에 불과하다.

그랬건만— 무슨 까닭일까.

이렇게 호출을 했다.

아울러 정작 용건은 언급하지를 않은 채 잡다한 질문밖에 하지 않는다.

굳이 게시판을 써서 호출한 만큼 긴급한 용건이 있을 줄 짐작했었는데—.

"흠."

조바심이 나는 레인의 분위기를 감지했을까.

클레이스는 홍차 잔을 손에 들고는.

"그럼 곧바로 하나 물어봐도 될까요?"

"네."

안쪽 액체를.

일렁일렁 흔들거리면서.

"망령 에어와 함께 다니려면 힘들지 않나요?"

이렇게 발언했다.

순간.

"큭."

레인은 허리께에 달아 놓았던 권총을 손에 들고는 클레이스를 표적으로 탄환을 발사했다.

장전된 탄환은 은색의 탄환도 마력이 담긴 탄환 마법도 아니다.

순수한 탄환이다.

획일적으로 납을 써서 제조한 흉기.

마주 앉은 가까운 거리에서 빗나갈 리가 없다.

다만.

"으윽."

발포한 순간, 목소리가 나온 사람은 오히려 레인이었다. 클레이스의 어깨를 쏘아 꿰뚫었어야 했을 탄환은 빗나가서 뒤쪽 벽면에 박혔다. 돌벽이 살짝 부서져서 안쪽에는 레인이 쏜 탄환이 있다.

사격을 저지당했다—.

다만 방해를 실행했던 자는 클레이스가 아니었다.

마도사가 아닌 그 사람은 아직 어떠한 일이 일어났는지조차 파악하지 못했다.

그 사람을 지킨 인물은.

"깜짝 놀랐어."

책장의 뒤편.

그곳에 숨어 있었던 소녀였다.

"뭔가 행동을 할 거라 예상했는데 냅다 쏠 줄은 상상을 못 했네."

"에어—."

어째서 이곳에 있나, 반문조차 꺼낼 수 없었다. 발포의 순간, 레인은 에어에게 오른쪽 팔을 저격당함으로써 비록 골절은 면했을지언정 주로 쓰는 팔이 강렬한 통증에 휩싸였기 때문이다.

적중당한 것은 모의탄이다.

그럼에도 목소리가 안 나올 정도의 격통이 오른팔에서 치달렸다.

"못살아— 가끔 예상도 못 할 일을 저지르는구나, 너는."

중얼거리면서.

숨어 있었던 장소에서 나온 에어는 힐끔 레인을 내려다봤다.

기막히다는 눈빛을 띠고 있었다.

그러나— 그것은 됐다.

문제는.

"에어, 어째서……."

에어가 클레이스를 도운 이유다.

어휴, 한숨을 쉬는 에어.

"어째서겠어. ……으음, 이거 설명이 꽤 귀찮은데……."

어안이 벙벙하여 정신을 못 차리는 표정의 클레이스.

어떤 의미로 대조적인 두 여성은 시선을 서로에게 마주 돌리더니.

"저기, 잠깐 괜찮을까요? 에어."

"뭐야."

태연하게 대화 나눈다.

처음 마주하는 분위기가 아니었다.

"으음, 총성이 들렸는데요, 방금 뭐였죠?"

"거기 덜렁이가 쏜 총에 맞을 뻔했어."

"아앗?!"

"너 말야, 마도사가 아니라지만 자기 주위는 챙겨야지……."

에어와 클레이스의 사이에서 오가는 말로.

'이 둘은—.'

레인은 알아차렸다.

저 여자들 둘은.

'면식이, 이미 있다—?'

이제껏 거듭거듭 만난 사이이다.

게다가 단지 면식만 있는 게 아니다.

"어떻게 된 거야."

클레이스와 에어는 이번이 처음 접촉은 아니었다.

그것은 이해했다.

에어는 레인에게 말하지 않고 이 방의 구석진 곳에서 몰래 상황을 주시했다.

그런 사실에서도 두 사람에게 개인적인 관계가 있음은 분명하다.

다만 상세한 내용은 전혀 알 수가 없다.

레인은 책상 위쪽에 앉아 다리를 꼰 에어에게 시선을 보냈다.

"미안한데 도무지 알 수가 없군."

"왜 은근히 거들먹거리는 거야."

"설명해라."

"클레이스하고는 지금으로부터 40년 전— 제3차 공격전 때 알게 된 사이야."

대답이 돌아왔다.

"제3차……."

"맞아, 지금으로부터 하나 이전의 대전이지. 내가 오르토메니아 육군에 기생하던 때 사관후보생이었던 클레이스……. 그래, 딱 지금의 레인이랑 같은 나이였던 이 아이를 부하로 둬서 써먹었어. 그게 전부야."

'제3차 때—.'

에어는 방금 전 쉰을 넘긴 클레이스를 가리켜서『이 아이』라고 말했다.

아직 10대 중반으로도 안 보이는 외모의 에어가 그런 표현을 쓰면 언뜻 기묘하다는 생각이 들 테지만, 저 여자들 둘의 사이에서는 전혀 모순되는 설명이 아니다.

40년 전부터 이어졌던 관계이기 때문이다.

그때 클레이스는 분명히 소녀였을 테고, 에어는 현재와 똑같았을 테지.

다만 여기까지 사정을 납득한들.

"……클레이스 소장님."

"뭔가요?"

"에두르는 말은 생략하고, 에어와 함께 저를 불러낸 이유는 무엇입니까? 설마 옛날이야기로 꽃을 피우기 위해 호출한 것은 아니겠죠."

"어머, 조금 더 에어와 나에 대해서 흥미가 있을 줄 알았는데요."

"솔직히 말씀드리자면 있긴 합니다. 다만 알아 봤자 제가 간섭할 수 있는 부분은 없겠죠."

"그런가요. 그럼 정식으로, 레인 란츠, 명령을 하나 내리겠습니다."

클레이스도 대번에 화제를 바꿨다.

중요한 이야기는 역시나 따로 있었던 셈이다.

그나저나― 명령인가.

군대에 속한 신분인 만큼 거역할 수 없는 내용이라는 뜻일 것이다.

클레이스는 책사 위쪽에 놓여 있었던 몇 장의 서류를 레인의 앞에 펼쳤다.

"사흘 뒤 제도로 운반되는『제2세대 엑세리아』를 호위하세요."

제2세대 엑세리아.

클레이스의 입에서 나온 단어는.

"이것은 학장으로서 내리는 명령입니다. 레인."

추후의 동향이 분기될 수 있는 발언이었다.

"내 연구를 도와줬던 레인에게 제2세대 엑세리아라는 말이 낯설지는 않을 거예요. 제2세대 엑세리아— 내가 십수 년에 걸쳐 개발해왔던 기체예요."

클레이스는 잠시 에어를 돌아봤다.

"에어, 당신은 들었던 적이 있나요?"

"대강 계획은, 다만 실물은 몰라."

에어는 기억을 더듬듯 위를 쳐다보면서.

"제2세대— 지금까지 엑세리아를 움직였던 것과 개념이 다른 새로운 엑세리아라는 내용은 알고 있지만."

"네, 맞아요. 그쯤 이해했으면 충분해요."

클레이스는 레인이 있는 방향을 보지 않는다.

굳이 설명까지 할 내용이 아님을 알아서였다.

"이제까지 엑세리아는 예외 없이 레시프로 엔진이 동력이었죠. 각부의 구조, 거듭된 경량화, 조작성의 향상 등 지난 100년 사이에 눈이 휘둥그레지는 진화를 이뤄왔던 이 기갑차가 말이죠. 사실 엄격하게 따지면 근본이 되는 부분은 거의 변화가 없었어요. 유기 연료를 동력으로 사용한다는 점은 완전히 같죠."

다만, 클레이스는 말을 이었다.

"제2세대 엑세리아라고 불리는 이 기체는 과거의 사례들과 완전히 다른 구조를 채택했어요. 내가 개발한, 유기 연료가 아닌 핵은의 붕괴열을 에너지로 쓰는 『플로 엔진』으로 더욱 강력한 병기를 제작할 수 있었죠."

분류를 하면 단순하다.

제1세대 엑세리아는 가솔린은 연료로 쓰는 『레시프로 엔진』을 동력으로 사용한다.

한편 제2세대 엑세리아는 핵의 분자 구조가 붕괴할 때 발생하는 에너지를 이용한 『플로 엔진』을 동력으로 쓰는 기체다.

클레이스 파르망.

연구 내용은 『핵은의 방사열』이다.

전문은 수학이지만 영역으로 보자면 양자 물리와 공통되는 부분이 있고, 그러한 오랜 세월의 성과를 합산하여 만들어 낸 것이 신기체에 사용된 플로 엔진이다.

막대한 열량을 작은 질량에서 만들어 낸다—.

그런 시스템을 가능케 하는 동력로.

핵은이 큰 에너지를 만들어 내는 것 자체는 먼 옛날부터 알려졌었다.

다만 붕괴열이 너무나 막대한지라 출력을 제어 가능한 이론의 발견이 이루어지지 않았기 때문에, 플로 엔진의 완성은 불가능하다고 치부되었다.

또한 설령 엔진이 만들어지더라도 그것을 탑재한 제2세대는 에너지를 제어할 수 없다는 이유 때문에 폭주 우려만 있는 가상의 기체로 여겨졌었지만.

"아직은 불과 몇 기입니다만, 일단 완성은 시켰어요. 뭐, 이상적인 성능에는 전혀 미치지 못하고, 실전에서 쓰기에는 아직 거리가 먼 시험기지만요. 다만 그 기체 자체에는 플로 엔진을 포함해서 중요한 기밀이 가득 들어 있어서 절대 빼앗길 순 없습니다."

"어째서—."

말을 들으면서 레인은 클레이스를 마주 바라봤다.

"어째서, 제게 그런 기체의 호위 임무를 주시려는 겁니까?"

"솔직히 말하자면 레인이 나의 밀정— 스파이가 되어 제2세대 엑세리아의 곁을 지켜주길 바라기 때문이에요. 사실상 플로 엔진은 나의 아이와 같은 물건인데, 그 기술을 노릴 인물이 동방군 내부에 없다는 보장은 못 하죠. 그렇지만 레인, 당신은 달라요."

어쩌면 비틀어진 신뢰.

합리적인 선택.

"나는 망령 에어와 당신의 관계를 알죠."

"……."

망령이라는 존재와 협력 관계에 있다는 것.

그것 자체가 필히 숨겨야 할 비밀이지만, 레인에게는 더욱 우려되는 문제가 있었다.

요컨대 『악마의 탄환』의 존재를 클레이스가 과연 알고 있느냐는 것.

악마의 탄환— 인간의 존재를 지워 없애는 이 탄환의 은밀함은 절대 잃어버릴 수 없었다.

이 탄환의 비밀이 새어 나갔을 때 레인은 에어와 함께 파멸을 면치 못한다.

어느 누구든 간에 사실을 아는 인간이 달리 한 명이라도 있다는 것은 리스크에 불과하다.

하지만.

"다만 마도사인 레인과 달리, 탄환 마법을 못 쓰는 나는 전투에 임한 사람들을 멀리서 바라볼 수밖에 없단 말이죠. 뭔가 특별한 힘이 있다는 것은 알지만요."

"그것은, 망령의 탄환으로……."

"망령의 탄환?"

"—아뇨."

말투에서 클레이스가 악마의 탄환에 대해 알지 못함은 파악했다.

단지 이질적인 존재인 『망령』이 실재한다는 사실과, 에어가 레인에게 힘을 빌려주고 있다는 사실만은 파악한 듯한 기색이었다.

요컨대— 이미 알고 있었다.

망령과 손을 잡았다는 사실을.

역사의 조류를 크게 바꿀 수 있는 존재와 레인이 특수한 관계에 있다는 사실을.

"나는 이 임무를 비밀을 공유할 수 없는 인물에게 맡기고 싶지 않아요."

또한 이상의 요건을 가미한 뒤에 레인은 클레이스에게 지목을 받아 선택당했다.

—이따위, 『짐꾼 담당으로』.

"클레이스 소장님."

레인은 여타의 상황을 전부 이해한 끝에.

"이번 지시 말입니다만, 가능하면 사절하고 싶습니다."

—사절.

그 말에.

"무슨 뜻일까요? 레인."

"이번 운송 임무에 제가 참가해 봤자 의미는 없습니다. 그럴 바에야 더 우선해야 가야 할 전장이 있죠. 이것이 거절하는 이유입니다. 한창 대전이 고비에 처한 상황에서 그런 명령 때문에 시간을 쓸데없이 낭비하고 싶지 않습니다."

"……제2세대 엑세리아의 운송이, 쓸데없는 시간이라고요?"

"단적으로 말하면 그렇습니다."

레인은 즉각 긍정했다.

그러나 그런 감정적인 대답은 아니었다.

일정 수준의 합리적인 판단으로 꺼낸 발언이었다.

왜냐하면 레인은 알고 있었기 때문이다.

클레이스의 곁에서 연구 조수를 2년 이상 수행했던 경험 덕분에 한 명의 기술자로서 『제2세대 엑세리아』가 지금 현재 어떠한 중요성을 갖고 있는가.

그 현실을.

“분명 제2세대 엑세리아는 중대한 기술의 집합체입니다. 다만 이론이 선행해서 고도의 기술만 다수 채용했던 결과, 분명하게 말해서 제2세대는『쓸 만한 물건이 못 되는』기체가 됐죠—. 그런 물건을 호위한들 이번 대전의 형세를 좌우할 만한 요소는 될 수가 없습니다.”

“지금은 아니더라도 얼마 뒤에는 완성돼요. 그것을 감안해도 중요하지 않다는 말인가요?”

“그동안 전쟁이 끝납니다.”

“…….”

“지금 동방국은 패전의 갈림길에 처해 있습니다. 지금 당장 싸우지 않는다면— 어떻게든 바꿔야 할 전장이 눈앞에 높이 쌓여 있다는 말입니다. 제2세대 따위 못 써먹을 물건을 지키자고, 끝내 완성해 봤자 그때는 이미 이 나라가 사라졌을 겁니다.”

요컨대 우선도의 문제였다.

“지금 우선해야 할 목표는 눈앞의 전투에서 거둘 승리입니다.”

신기술의 개발은 중요한 요소다. 결코 부정하지는 않는다. 실제로 현재 동방국의 열세는 기술 개발의 부문에서 서방국에게 줄곧 뒤처졌던 여파에서 기인하고 있다.

그러나— 사태가 여기까지 온 이상 상황은 도저히 여유가 있지 않았다.

기술 개발을 진행하는 동안에 이 나라는 확실하게 패전할 테니— 그런 상태까지 몰려버렸다.

이번 제4차 공격전이 개시된 지 4년.

전황은 종반에 다다랐다.

장기간 소모전을 겪어 서로의 국력은 점점 줄어들었고, 눈에 확 들어올 만큼 전투가 명백하게 부담이 되는 상황하에서 서방국은 우세에 서기 시작했다. 적은 이렇듯 좋은 기회를 놓치지 않을 것이다.

준비할 틈은 없었다.

지금 당장 싸우지 않는다면— 죽는다.

그런 상황에서 신기체의 호위 따위야 중요성은 상당히 낮은 사안임을 부정할 수 없을 것이다.

특히 『악마의 탄환』을 보유해서 전장을 크게 바꾸어 놓을 가능성이 있는 자신을 대체 가능한 인물이 넘쳐나는 운송 임무에 배정한다는 것은 시간 낭비에 불과하다.

—그렇게 생각했다.

따라서.

"저는 다음 전장에 파병해주십시오."

기꺼이 뜻을 밝혔다.

현재 상황을 잘 파악한 다음 레인이 도출한 최적의 행동이었다.

그렇지만, 레인의 이런 의견에.

"뭘 이렇게 급하게 구나 모르겠는데."

가로막는 목소리가 하나.

클레이스의 목소리는 아니었고—.

"적어도 전혀 주위를 못 돌아보는 얼빠진 녀석을 전장으로 보내줄 순 없지 않겠어?"

냉담한 목소리.

예리한 말투의 핀잔.

"에어……."

"네가 죽는 건 자기 마음이지만, 괜히 휘말려서 죽게 될 인간이 너무 불쌍하잖아."

시선이 쓰르륵 옆쪽으로 이동하는 레인.

그곳에서는 기막히다는 표정과 함께 클레이스의 홍차를 마시고 있는 에어가 보였다.

태평한 분위기의 은발.

"무슨 뜻이지."

"너, 요즘 자신이 어떤 모습인지 제대로 알기는 해?"

"알고말고."

"그럼 어째서 자꾸 지는 거야."

"—그것은."

어쩔 도리가 없었다.

지난 전투들은 처음부터 승리의 가망이 없었다—.

곧장 받아치고 싶어졌지만 변명 같다는 생각이 들어 레인은 무의식중에 입을 다물었다.

하지만.

"답을 말해줄게. 처음부터 무리였던 거야."

에어는 말했다.

레인이 생각했던 말— 말하려고 했던 이유를.

—처음부터 무리였다고.

"지난 네 개의 전투에서 전부 패전했지? 솔직하게 말하면 레인, 넌 지난 전투들 전부 출전하지 말아야 했어. 왜냐하면 결국은 전부 처음부터 이길 방법이 없었기 때문이야. 아니, 어차피 네가 가장 잘 아는 사실이 아니었어?"

"……."

말을 잇지 못하는 레인에게.

"분명히 내가 준 탄환의 힘은 강력하지만 만능은 아냐. 이렇게, 그래, 처음부터 패배가 뻔한 전장을 뒤집기는 불가능하지. 그런데 너는 단지 전투에 나가기만 하면 된다는 생각을 가지고 있어. 승산이 있나 생각도 안 하고 말이야."

—에어의 말은.

뜻밖의 발언으로 느껴졌다.

이제껏 에어는 레인에게 힘줘 조언한 적은 없었다.

요청하면 답을 가르쳐주지만, 먼저 나서서 말을 꺼냈던 적은 한 번도 없었다.

'……'

전장을 선택하지 않게 되었다.

원인은 레인에게 정신적인 조바심이 나타났기 때문에.

악마의 탄환을 사용하기 시작한 이후 초기에는 쭉 개전을 이루어 냈다.

다만 압도적으로 불리한 전쟁에 참가하는 경우도 많아졌던 결과, 최근은 뜻하는 대로 실적을 거두지 못하게 됐다. 물론 전쟁의 판국, 수학적으로 발생하는 당연한 귀결임에도 연패가 이어지면 어떻게든 방법을 찾아내야 할 것이라 급해지는 심정만 더욱 강해진다.

—조바심.

그것은 자각할 수 없는 감정이다.

제어할 수 없는 갈망이 대폭 사고를 둔화시킨다.

바로 그 때문에 전황을 고려하지 않은 채 불리한 전장에도 무작정 출전하게 되었고.

—애슬리까지 부상을 당하도록 만들었다.

"일단 쉬면서 머리를 식히는 게 좋겠어. 그래, 응, 기체만 운반하면 끝나는 짐꾼 임무를 맡아서 말야. 지금 네가 마구잡이로 돌아다녀 봤자 아무것도 바뀌지 않는걸."

—머리를 식혀라.

에어가 건넨 지극히 온당한 조언이었지만.

'무슨—.'

연패가 이어져서 초조감에 사로잡혀 있는 레인에게는.

"—무슨 태평한 소리를 늘어놓는 거냐."

"뭐?"

그 말은 아무 소용이 없었다.

"그럼, 아무것도 하지 말고 집에서 얼간이처럼 잠이나 자란 소린가."

"그런 말은 안 했잖아."

레인은 에어를 똑바로 마주 봤다.

물어뜯는 듯한 거친 말투와 함께.

"그렇게 말했던 거야."

"말하지 않았어. 어린애처럼 제멋대로 토라져서 제멋대로 내 말을 바꾸지 마."

"거봐, 지금 또 어린애라고 말했지."

"아, 진짜!"

아니라니까! 에어는 머리를 부여잡았다.

"괜히 의욕만 넘쳐서 이기지도 못할 전투에 나서는 건 자살이랑 다를 게 없다고 말한 거야. 레인, 주변을 너무 못 돌아보는걸."

"그러니까 아무것도 하지 말라고?"

"아악! 귀찮네!"

짜증을 내는 에어.

그럼에도 정작 소녀보다 더더욱.

"결국은 그런 뜻이잖아. 나더러 아무것도 하지 말라는 소리로밖에 안 들리는데."

분노가 더욱 강했던 쪽은 오히려 레인이었다.

—싸우지 마라.

그 말은 레인에게 평범한 경우와 의미가 다소 다르다.

무게감이 다르다.

그야말로 자신의 삶과 방향성을 건드리는 말이었다.

이제까지 악마의 탄환을 써서 자신이야말로 가장 절실하게 싸우는 사람, 중요한 입장이라는 생각을 무의식중에 갖고 있었던 레인에게 그 발언은 반사적으로 울컥하게 되는 이유가 되어주었다.

갑자기 너 따위야 있든 없든 아무것도 다를 게 없다는 말을 듣게 된 느낌이었다.

옆에서 보면 유치한 반발심에 불과하다.

에어의 말은 현재 상황을 감안하면 최선의 판단이었다.

그러나 무자각의 조바심 안쪽에 있는— 여전히 미숙했던 소년에게는.

"……알겠다."

소녀의 진정한 뜻은 전달되지 않는다.

"그런 게 정말 최선이라면 제2세대 엑세리아의 호위— 받아들여야지. 뭐, 실패하든 성공하든— 아무것도 바뀌지 않을 테지만."

쏘아붙이고 레인은 자리에서 일어났다.

본래는 아직 더 고심해서 대화 나눠야 할 주제가 있었다. 그러나 머리에 피가 확 올랐던 소년은 호위 임무의 상세 내용이 적힌 메모만 챙긴 뒤 학장실을 떠났다.

쿵, 거친 행동에 문이 세차게 닫혔다.

—한 사람이 떠나가고.

실내에 남은 두 사람.

"아무튼."

처음으로 입을 연 인물은.

"느닷없이 총을 쏜 행동은 아무래도 좀 놀랐네요."

한동안 말이 없었던 클레이스였다.

뒤쪽으로 고개 돌리고는 벽에 난 총구멍을 바라본다.

그곳에는 레인이 쏜 탄환이 고스란히 남아 있었다.

"에어, 당신이 아니었다면 분명 죽었을 거예요."

"내가 보기에는 레인이 총을 쏜 것 자체는 별로 놀랍지도 않았지만."

대답하는 에어.

그 말을 들은 클레이스는 휴우, 한숨을 쉬더니.

"말수는 적어도, 제법 눈치도 좋고 이지적인 착한 아이였는데요……. 망령이라는 비밀을 지키기 위해서라면 은사여도 주저하지 않고 쏴버리는군요."

"충격이었어?"

"솔직히 말하자면, 조금."

짧게 대답한 뒤 클레이스는.

"그나저나, 에어, 당신은 정말 괜찮나요?"

"응? 뭐, 클레이스가 아니라면 맞는 행동이었다는 생각은 하니까."

"아니요."

부정의 말로 클레이스는 가로막았다.

방금 전 꺼냈던 『괜찮은가?』의 의미는.

"문제는 당신이에요."

"응?"

레인이 발포했던 행동 자체는 아니었다.

"그 소년을 죽이지 않아도 정말 괜찮냐는 의미였어요."

"앗!"

에어는 무의식중에 몸을 굳혔다.

"뭔가 주변을 돌아보지 못한다는 둥 거들먹거리는 말을 늘어놓던데요. 제가 보기에는 당신도 마찬가지더군요, 에어. 그 소년— 레인 란츠는 당신과 짝을 이루기에는 온갖 부분에서 미숙합니다. 확실히 학생 수준에서는 빼어나게 우수하겠죠. 5년쯤 지나면 어떻게 될지 저 역시 짐작이 안 돼요. 그렇지만 지금에 한정 짓는다면 망령이라는 파격적인 존재인 당신에게는 결코 어울리지 않네요. 과도한 힘을 내어준 현재 상황이 이어지면, 머지않아서 제어를 벗어날 것이 분명해요. 그것은 당신 자신이 몇 번이고 경험해서 잘 아는 사실이잖아요?"

—40년 전.

클레이스는 당시 망령으로 세상에 등장했던 에어와 행동을 함께했었다.

그것은 현재의 레인과 비슷한 입장— 아니, 군부의 중추에 오른 에어와 학생인지라 일개 병졸 이하였던 클레이스는 명확한 상하 관계가 있었고, 합리적인 목적을 공유했었다.

어떤 종류의 기계적인 관계였지만, 결과적으로 최선의 결과를 가져왔다.

그래서 더더욱—.

그래서 더더욱이다.

클레이스는.

"에어. 지금은 결단해야 할 때예요."

옛 부하답게 실수를 저지르지 않는다.

에어의 빈틈을 결코 눈감지 않고 바로잡는다.

상관의 잘못된 인식은 많은 인간이 죽어 나가도록 만든다.

그것을 경험으로 함께 이해하고 있기 때문이었다.

"누구의 눈으로 봐도 명백하잖아요. 레인은 정식적인 미숙함 때문에 조바심을 제어하지 못하는 상태예요. 이번에는 어렵게 자기 고집을 거둬줬지만, 아마 다음에는 귀도 기울이지 않은 채 파멸로 나아가겠죠. 그리고 그 오만함에 휘말리게 될 사람은 무고한 병사들과 당신 본인이잖아요?"

"……."

"지금 상황에서 죽이지 않고 나중이 되어 후회했던 게 도대체 몇 번이었죠?"

"그건—."

"그 아이는 지금 당장 죽여야 해요."

"……그러니까."

말이 안 나오는 에어.

그에 반하여 클레이스— 언뜻 보기에는 온후한 장교는.

"당신은 정에 너무나 약합니다. 바로 그 때문에 오늘 내가 판단하기 위해 레인을 이곳으로 호출했습니다만, 지금 단계에서는 아슬아슬한 지경이군요. 분명 나한테도 레인이라는 소년은 소중한 생도……. 몇 년이나 봐왔던 자식 같은 아이입니다. 그렇지만 다른 병사도 마찬가지죠. 지금 전선에 나가 있는 병사들은 한때 이 학교를 보금자리로 자랐던 나의 제자들뿐이에요. 그들과 레인 한 사람, 어느 쪽을 희생하겠느냐 묻는다면 망설이지 않고 레인을 희생시키겠습니다."

바로 그 때문에 죽여야 한다.

힘에 잡아먹히기 시작한 소년을.

그 말은.

"똑같은 실수를 대체 몇 번 반복하려는 겁니까, 에어 알란드 노아."

그 소년에게 불과 한 번뿐이라지만.

마음을 허락했던 소녀에게는— 결단하기 어려운 행위.

"알아, 안단 말이야……."

레인은— 이미 변하기 시작했다.

그렇게 되면 나아가는 곳에는 파멸뿐이고 많은 인간이 재액에 휩쓸린다.

—잘 알고는 있다.

그렇지만.

"잘 알아도 실행하지 못하는 게 당신이잖아요? 좋아요, 직접 손쓰는 게 어렵다면 제가 준비를 진행해서……."

"잘 알고 있다니까!"

에어는 대화를 노성으로 가로막았다.

"큰 목소리로 못 들은 시늉을 한들 아무것도 바뀌지 않아요."

"……정말 시끄럽다니까……."

"나도 말하고 싶지 않아요. 잘 아는 인간을 죽이라는 말 따위……. 게다가 제자인데요. 그렇지만 결단을 망설이다가 끝내 희생됐던 사람이 대체 몇 명이었던가요."

"……알아. 정말로, 그때가 오면—."

—제대로, 해낼 테니까.

소녀는 말을 잇다가 말고.

'진짜, 뭐하는 거야. 그 자식—.'

말투에 의지는 전혀 없었다.

'약속, 했으면서—.'

다만 무엇인가를 믿고 기다릴 수밖에 없는 모습으로.

'제대로 싸우겠다고, 약속, 했으면서—.'

이름을 마음속에서 부를 수밖에 없었다.

'레인—.'

2. 대립

제2세대 엑세리아의 호송 임무를 맡게 되었다.

이동 수단은 『열차』.

파견된 장소는 국내 북부의 광산 도시 『바란』이었다.

국토의 북부에서 중앙에 걸쳐 이어지는 약 200킬로미터의 노선을 단번에 횡단한다.

또한 아레스트라 교도원의 사관생도 몇 명과 함께 도착하자마자, 레인은 이렇다 할 설명을 받을 틈조차 없이 곧장 열차에 떠밀려 들어가 아침 6시부터 역을 출발하게 되었다.

이곳에서 서부를 경유하여 제도까지 향한다.

거리를 헤아리면 200킬로미터 정도의 여정이고 보급 따위를 포함하여 여섯 시간이면 도착한다.

"주의해야 할 위치는 두 곳이군."

화물고의 안쪽.

파견되어 온 여섯 명의 사관생도를 지휘하는 덩치 큰 소년 오르카가 주의를 촉구했다.

"첫 번째 위치는 이곳에서 한 시간 뒤에 지나가는 레반트 평원. 우리나라의 영토이긴 한데 장소가 너무 시골이라서 적군이 잠입했을지도 모른다. 매복하기에는 절호의 지역이겠지."

그리고, 말을 이어서.

"두 번째 위치는 레미나 산맥. 단순하게 서방국에서 무척 가깝기 때문에 위험하군."

이상, 두 곳.

서방국에서 정녕 습격을 벌인다면.

물론 다섯 종류의 운반물로 위장을 마친 데다가 애당초 서방국이 과연 제2세대 엑세리아를 손에 넣고자 나타날지도 불분명하지만, 어쨌든 화물을 빼앗기지 않는 것이 우선이다.

인원은 정규병 스무 명.

사관생도가 열 명.

그러나 전원이 마도사인지라 열차 한대의 호위라기에는 충분한 숫자였다.

아울러.

"그리고 우리 학생들의 담당 말이다만."

오르카는 사무적으로 전달했다.

"경계는 레인과 애슬리가 둘이 맡아줄 테니까 나머지는 놀아도 된다."

여섯 시간 정도로 교대는 딱히 필요가 없기 때문에 동전 던지기 결과, 학생 담당의 경계는 둘만 수행하기로 했다. 선발된 인물은 규칙대로 네 번 연속으로 앞뒤를 맞히지 못한 레인과.

"아, 내가 맡을게. 경계."

1위로 게임에서 이겼는데도 나중에 입후보를 한 애슬리가 되었다.

"받아, 레인. 연락용 무전기."

"그래."

"이제부터 여섯 시간, 잘 부탁할게."

애슬리에게서 무전기를 받아 들었다.

휴대 가능한 사이즈이지만, 성능이 뛰어난 군용이다.

그리고 경계를 맡은 두 사람은.

"와아, 추워!"

"한랭지니까……"

차량 바깥으로 나왔다.

문 하나를 사이에 두고 열차 최후미에 있는 발판이 경계를 위한 장소였다.

조망이 좋고 넓은 시야로 경계를 설 수 있지만, 옥외인지라 기온은 빙점하보다 훨씬 낮았다. 눈까지 내리고 있는 바깥에서 쭉 앉아 버티려면 제법 힘든 임무였다.

이렇게 여섯 시간을 보내야 한다.

레인은 연락용 무전기를 건네주는 애슬리에게.

"괜찮은 거야? 꽤 힘든 역할인데."

"으응, 뭐, 레인이 아니었다면 안 나섰을 거야."

"머리 상처도 아직……."

"나흘이나 지났는걸, 괜찮아."

충고해봐도 가볍게 받아넘겼다.

그리고— 출발 이후로 한 시간.

딱히 대화가 없이 경계의 요령을 익힌 이후에 애슬리는.

"요즘 말이야."

"음?"

"별로 안 놀게 됐잖아, 우리."

혼잣말하는 듯한 목소리로 말을 건넸다.

여덟 량으로 구성된 화물 열차의 실외.

소음도 꽤 크다.

그렇지만 어깨가 닿는 거리에서 앉아 있으면 깜빡 못 듣지는 않을 정도로 목소리가 들린다.

'……?'

애슬리의 말에 레인은.

"안 놀게 되었다고? 학원에서는 거의 매일같이 만나잖아."

"그렇긴 한데 말이야. 뭐랄까…… 예전에는 곧잘 차를 타고 거리에 나간다든가, 연구실에 숨어 들어가서 화약을 훔친다든가, 이것저것 많이 했잖아."

"지금 돌이켜보면 놀이의 수준이 아니었군."

"많이 바뀌었어."

추억에 잠긴 듯한 말투.

애슬리는 혼자서 중얼거리듯.

"우리뿐이 아니야. 주변도― 환경도, 정말 바뀌어버렸어."

"그야―."

당연하겠지, 레인은 대답했다.

옆쪽을 힐끔 쳐다보면서.

한편 애슬리는 대화 나누면서도 시선을 맞추려고 하지 않는다.

경계라는 역할을 완수하려는 듯이 열차의 후방을 쭉 바라보고 있다.

'뭐야……. 애슬리 녀석…….'

소녀의 말이 살짝 생경하게 느껴지는 것은 어째서일까.

평소 애슬리는 분명히 훨씬 명료한 표현을 선호하는 경향이 있지 않았던가. 전달하고 싶은 말은 명확하게 꺼내고, 상대가 알아차려주길 바라는 애매한 언사 따위는 거의 쓴 적이 없었다.

그렇지만 오늘 애슬리는 표현이 좀 아리송하다.

분명하지가 않다.

계속 눈을 내리깔고 있고.

그리고 가끔 휙 떠올랐다는 듯이 입을 열어서 종잡을 수 없는 이야기를 하다가 금세 끝난다. 그런 시간이 출발 이후로 쭉 이어졌다.

'……?'

이러는 날도 있겠지.

레인도 별말은 하지 않았다.

그 이후로 다시 한 시간쯤 경과했다.

남쪽으로 내려가기 시작한 지 대략 두 시간이 경과했고, 지장 없이 운행을 계속했던 열차는 예정대로 레반트 평원을 통과하고 있다. 사전에 들었던 대로 평상시라면 지평선까지 내다볼 수 있는 평원에는 가옥이나 도로 등등의 인공물은 없었다. 이곳 화물용 노선만이 이질적으로 도드라졌다.

정보에 따르면, 습격을 만약 당한다면 이 장소가 가장 가능성이 높다 했었지.

장해물이 없는 장소는 기갑 전차 엑세리아의 주전장이기 때문이다.

레인은 조금 상태가 묘한 애슬리를 놔둔 채 경계에 집중했다.

해가 뜰 무렵부터 쭉 내렸던 눈이 평원에 5센티미터 가까이 높이로 쌓인 터라 경치는 이미 설원이라고 불러야 할 만큼 하얀빛 일색이었다. 엑세리아 같은 기체는 눈에 확 들어오겠지만, 악천후에 따라 전체적인 시야가 안 좋은 만큼 눈에 꾹 힘을 주어야 작은 그림자도 못 보고 지나치지 않을 것이다.

눈에 꾹 힘을 주면서 경계에 집중하고자 애쓴다.

그렇지만 어쩔 수 없이 동작은 단조로워졌다.

결과적으로 쓸데없는 사고가 머릿속에서 회전했다.

『일단 쉬면서 머리를 식히는 게 좋겠어.』

얼마 전 에어에게 들었던 말.

몇 번이고 다시 떠올리게 된다.

『레인, 주변을 너무 못 돌아보는걸.』

직접 들었던 다수의 지적들.

그에 대하여 시간이 제법 지난 지금도.

'—제길.'

반성은 전혀 안 된다.

그만큼 급한 처지에 내몰렸다는 조바심이 레인의 사고에 여유를 허락하지 않았고, 단지 들었던 언사만이 빙글빙글 되풀이되기만 했다.

생각이 전혀 정리되질 않는다.

경계 임무에도 언제부터인가 집중을 할 수 없었다.
대부분의 주의력을 상념에 빼앗겨버렸다.
만약에 이때 적군이 접근했었다면 위험했겠지만.
『학생병.』
퍼뜩 놀란다.
분명히 무전기에서 들린 목소리였다.
이번 임무의 상관이 보낸 통신이다.
『슬슬 레반트 평원을 통과한다. 후방에 이상은 없나.』
『네, 네엣.』
허둥지둥 주위를 둘러본 다음.
『이상은 없습니다.』
『그런가. 뭐, 이 평원을 통과하면 당분간 편해질 거다. 후반에 대비하여 잠시 쉬어라.』
말을 남긴 뒤 통신은 끊어졌다. 쉬어라, 그런 발언은 진짜 유사시에는 꺼내지 않을 명령이다. 역시 이 열차가 서방국에 습격을 당할 가능성 자체가 몹시 낮음을 짐작할 수 있다.
제2세대 엑세리아.
언제 실용화될지도 알 수가 없는 기술이다.
그런 기체를 지금 타이밍에 굳이 약탈하러 오기는 할까?
가능성은 몹시 낮았다.
상황을 잘 파악하고 있기에 더욱.
쓸데없이 시간을 낭비하는 듯 여겨졌다.
더욱 짜증이 난다.

형식만 갖춘 임무에 붙들리다니, 지금 우선되는 목표가 아닐 텐데— 답답하다.

'내게는, 달리 더—.'

싸워야 할 장소가 있다.

인간의 존재를 지워 없애는— 악마의 탄환을 써서.

『그럼 다음 정기 연락은 20분 뒤에.』

『알겠습니다.』

짜증이 솟는 사고에 쫓겨서 건성건성 레인은 통신을 마쳤다. 그러다가 미처 집중을 하지 못했던 까닭일까, 주머니에 다시 넣으려던 때 수신용 안테나가.

"아."

레인의 뺨을 스쳤다.

찍, 살짝 철제의 가는 막대가 닿는다.

그러자.

"아야."

뺨에 통증이 치달렸다.

그 위치에 손을 가져갔다가 다시 되돌려서 살펴보니.

'음…….'

피가 꽤 묻어났다. 쭉 피부가 찢어졌던 탓이다. 극한의 지방에서 몹시 차갑게 식은 뺨은 외부의 자극에 예민해졌기에, 철이 닿았던 부분이 한 줄로 짝 잘려 나갔다.

'—이렇게.'

운이 없나.

딱히 상처가 난 자체는 전혀 문제없었다.

다만 입지 않아도 될 상처를 입었다는 불운 때문에 짜증이 격화된다.

'이런 처지에—.'

더욱 짜증이 격화됐다.

불길한 일은 겹치는 법이라던가.

그렇지만, 어쨌든 짜증을 내기에 앞서.

'뭔가, 닦을 만한 게…….'

자꾸 흘러내리는 피를 지혈해야 했다.

레인은 가슴 주머니에 넣어 둔 하얀 천을 꺼내기 위해 얼굴을 아래로 숙였다.

그때였다.

차갑게 식은 레인의 뺨에.

'아—.'

살짝 따뜻한 감촉이 와 닿았다.

아마도 흘러내리는 피의 온도— 아니다.

다른 감촉이었다.

이 촉감은 방금 전 안테나처럼 무기질적인 물체 따위가 아니었다. 오히려 몹시 생물적이며 또한 천천히 와서 닿았던 정감이 있는 한순간의 접촉이었다.

레인은 얼굴을 왼쪽으로 돌렸다.

가슴이 덜컥했다.

애슬리의 얼굴이 바짝 곁에 있었기 때문이었다.

"어, 뭘……."

"있잖아."

당황하는 레인.

한편 애슬리는 달랐다.

이쪽을 똑바로 주시한다.

또한 소녀의 입술에는 붉은 액체가 방울방울 묻어 있었다.

저것은— 지금 막 레인의 뺨에서 떨어졌던 혈액이며.

"레인—."

숨결이 닿을 만큼 가깝게 애슬리의 입매가 다가든다.

애당초 얼굴이 서로 맞닿을 만큼 붙어서 앉아 있었다.

무방비했던 레인의 뺨에 입술을 갖다 붙이기는 무척 간단했을 테지.

그러나, 그럼에도, 애슬리가 한…….

"저기, 그게—."

행동의 진의는 종잡을 수 없었다.

애슬리가 다음 말을 머뭇거리고 있기 때문이다. 바짝 얼굴을 가까이 붙인 채 무엇인가를 말하려고 하는 것은 알겠다. 그 표정은 초조함이며 망설임이 뒤섞여 복잡하게 보였다. 방금 전 키스에 어떤 의미가 있었는지는 알지 못한다. 다만 무엇인가를 말하고 싶어 한다.

이상의 사실을 이해한 뒤 레인은.

'뭐지—.'

알아차렸다.

애슬리는— 무엇인가를 말하려고 한다?

게다가 이 자리에서 엉겁결에 꺼내려 하는 발언이 아니다.

훨씬 중요한— 무엇인가를.

'갑자기, 이런— 아니지.'

갑자기는 아니었을 것이다.

긴장은 하는 모습이지만, 당황하는 분위기는 아니다. 이야기는 준비되어 있다. 레인의 경계 임무를 돕겠다 자청했을 때부터 애슬리는 이미 할 이야기가 있었을 것이다.

돌이켜보면 얼마 전 겪었던 전투— 가장 오래된 망령과의 대결에서 고향 도시가 불길에 휩쓸렸고, 부모님을 잃은 이후부터 애슬리는 무엇인가 번민하는 모습을 보여주는 때가 많아졌다.

하지만 결국 자연스러운 행동이라 생각했었다.

본인이 의지할 곳이었던 부모님을 잃는다면 누구든 한동안은 평상심을 유지하지 못했을 테니.

—그렇게 생각했었다.

하지만 애슬리의 언동은 그런 것들과 미묘하게 다르다는 생각이 들어서—.

'애슬리는, 무엇을…….'

말하려는 것인가?

숨기고 있는가?

—두근.

두근, 고동이 친다.

서로가 정지한 채 서로 바라보다가 몇 초 후—.

"……그게, 지난달에, 일 말인데."

"……지난달?"

드디어 나온 말소리는 시기를 가리키는 단어였다. 아울러 지난달이라면 애슐리가 부모님을 잃었던 전투 및 이질적인 존재인 『망령』들을 둘러싼 사태가 다수 발생했던 때다.

—역시, 이렇게 되나.

애슐리는 지난달의 어느 시점부터 레인에게 해야 할 말이 생겼다.

따라서.

"뭔가— 그때 일이 있었나?"

"……응."

레인은 애슐리가 꺼낸 발언을 정확하게 파악하기 위하여 되물었다. 이렇게 둘이 이야기할 수 있는 장소를 굳이 애슐리가 선택한 이상 본인의 입에서 말이 안 나온다면 아무것도 시작되지 않는다.

그리고 또다시 몇 초, 재차 침묵이 이어졌던 끝에.

"나—."

애슐리는 레인의 피가 묻은 입술을 살짝 떨면서.

"—알아."

"안다? 무엇을."

"레인이랑, 그 아이가."

애슐리는 잠시 말을 멈췄다.

무엇인가 거북한 말을 꺼내려는 눈치였지만 『그 아이』 갖고는 알 수가 없다.

그 인물을 확정하기 위해 레인은 다음 발언을 기다렸다.

그러나, 그야말로 애슬리가 결정적인— 운명을 바꿀 말을 꺼내려고 했던—.

그때였다.

"레인. 여기 있나?"

"!!"

쿵쿵, 뒤쪽에 있는 문을 거칠게 두드리는 소리가 났다. 막 들린 소리는 분명 기수장 오르카의 목소리였다. 경계 임무는 교대가 없는 만큼 단순하게 용건이 있어서 왔을 것이다.

본래라면—.

다시 돌려보내야 했다.

애슬리와 나눌 대화가 더욱 중요하니까.

그렇지만 거절하기 전에 오르카의 말이.

"미안하다, 레인. 좀 도와줘라."

애슬리와의 대화를— 그 후 수년에 걸쳐 연기시키도록 만들었다.

창문으로 실내를 들여다보니.

"음."

으슬으슬한 분위기가 가득 들어차 있었다.

"무섭네."

창문 너머인데도 무심코 뒷걸음쳤다.

레인이 오르카에게 호출을 받아 따라간 곳은 일곱 번째 차량의 화물고였다.

이번 운송 임무에서는 통상 화물도 적재되어 있다.

구획을 나눠서 각각 화물이 할당된 열두 량짜리 편성이며, 그중에 비어 있었던 대략 열 평의 공간이 학생병의 대기실로 배정되었다.

다만 그 공간은 현재 창문 너머로 잠깐 쓱 들여다봐도 최악의 분위기였기에—.

'뭐냐, 방에 웬 무게감이—.'

우중충.

찌릿찌릿하다.

너무 공기가 잠잠했던 터라 독이라도 뿌려 놓은 게 아닌가 싶었지만, 안 좋은 것은 어디까지나 분위기였고 다시 한 번 들여다보니 원인을 쉽게 파악할 수 있었다.

턱, 무릎을 끌어안고 있는 동기들.

그곳의 가장 안쪽에서.

"……."

노골적으로 짜증을 가득 드러내며 앉아 있는 소녀가 눈에 들어왔으니까.

딱히 무엇인가 소리를 내는 것은 아니었다.

난동을 부리는 것도 아니다.

다만 벌레라도 씹은 표정을 지은 채 조용하게 짜증을 표출하면서 은발을 손가락으로 빙글빙글 만지작대는 통에 명백하게 분위기를 악화시키는 인물이 있었다.

그렇다, 에어였다.

분위기를 악화시켰던 원흉은 은발의 망령 소녀였다.

“레인.”

“뭐야.”

“네가 화나게 만들었겠지. 어떻게 좀 해봐.”

오르카는 흉악한 오라를 뿜어내고 있는 에어를 무작정 달래도록 재촉했지만, 레인의 입장에서는 당최 영문을 알 수가 없다는 심정이었다.

‘어째서, 내가—.’

레인은 머리를 감싸 쥐었다. 묵직한 분위기를 내뿜고 있는 에어는 분명 평소의 학생 생활에서는 부자연스럽게 의아할 만큼 여기저기에서 애교를 부리고 다녔었다.

거하게 내숭을 부린 셈이다.

따라서 예쁘장한 외모도 거들어 학교 내부의 인기는 높았지만.

‘뭐하는 거야, 저 녀석…….’

그 때문에 더더욱 이렇듯 화난 분위기를 표출하면 일단 확 바뀐다.

평소 모습과의 괴리감 때문에 아무도 손을 쓸 수가 없다.

또한 레인은 에어와 결코 공공연하게 밝히지 못할 비밀을 서로 거머쥐고 있는 관계지만, 제법 대화를 나누는 사이라는 것은 특별히 주위 사람들에게 숨기지 않았다. 그러므로 학내에서 용무가 있을 때 말을 붙이기도 했고, 급한 볼일이 생기면 교실에 부르러 간 적도 있었다.

괜히 데면데면하게 지내면 주위 이목을 피해야 하는 등 여러모로 불편한 점이 많아서였다.

다만 그러한 행동이 겹쳤던 결과, 평소와 분위기가 확 달라져서 언짢아하는 에어와 대등하게 말을 나눌 수 있는 인물은 레인뿐이라는 기묘한 인식이 여러 생도들 사이에서 자리 잡기도 했다.

인간관계로 고생을 겪지 않기 위하여 에어는 많은 사람들 앞에서는 내숭을 부리고 있다.

다만 무척이나 교묘히 조절하는 터라 누구든 어느 정도는 금세 친해지지만, 일정 경계의 안쪽으로 발을 들여놓기는 주저하게 만든다.

실제 에어에게 친구는 많아도, 마음까지 허락한 상대는 단 한 명이 없었다.

그래서 더더욱 평소와 달리 화난 태도를 드러내고 있을 때 아무도 말을 붙이지 못한다.

이러한 사정이 겹쳐서 결국 레인더러 좀 달래보라고 불러왔던 셈이다. 근간에 있는 부분은 숨길지언정 어느 정도 레인과 에어가 교우를 쌓은 사이임은 모두가 잘 알았다.

이상의 이유 때문에 『지금 에어의 기분이 나쁜 이유는 레인 탓이다』라는 것은 대번에 전원의 공통 인식으로 자리 잡았다.

다만, 레인은.

"나는 상관없잖아."

오르카의 요청에 고개를 옆으로 흔들었다.

"상관없다면 왜 저렇게 화내는 거냐."

"가만 내버려 둬. 이유도 없이 짜증을 내는 녀석을 건드릴 필요는 없지."

게다가.

레인 역시도『에어가 화난』이유를 알 수 없었다. 꾸밈없는 본심이었다. 분명 다소의 언쟁은 얼마 전 있었다. 가시가 돋친 언사도 나눴을뿐더러 싸움 비슷한 형태이기도 했다.

그렇지만 여타의 일이 있었더라도.

'에어, 저 녀석은—.'

굳이 화내지 않는다.

결코『평범한 인간처럼』감정을 흐트러뜨리지 않는다.

에어는 평범한 인간과는 달랐다.

100년 전 한 차례 죽고도 끝내 새로운 혼을 갖고 살아온 망령이다.

그런 인간이 고작 학생병에 불과한 자신과 말싸움을 좀 했다고 진심으로 역정 낸다는 것은 말이 안 된다. —그렇게 생각할 만큼 레인은 에어를 특별하게 인식하고 있는 경향이 강했다.

따라서.

"그래, 레인 넌 특별히 원인이 아니라는 말이군."

"맞아."
레인은 다가들지 않는다.
저 소녀에게— 깊숙이는.
"그런가."
레인의 말에 오르카는 납득했다는 기색을 내비쳤다.
그러나 흠흠, 고개를 끄덕거리며 오르카가 다시 문 쪽으로 돌아서더니.
"그러면 맡길 임무의 내용을 변경하지."
"뭐?"
"어쨌든 기분 좀 달래줘라. 이대로 두자니 공기가 너무 무거워서 죽겠다."
"아니, 그러니까……."
딱히 에어가 화난 이유는 아무래도 좋았기에 오르카는.
"자, 출동!"
"아!"
레인의 손을 낚아채서 문을 열더니 안으로 던져 넣었다.
갑작스러웠던 탓에 레인은 저항할 틈도 없이 방 안으로 들어가게 됐다.
검은 오라의 발생원이 내동댕이쳐졌다.
아울러 레인이 불쑥 방에 들어왔는데도.
"……."
"……."
에어는 이쪽을 보지 않는다.

주위에서 「어떻게든 달래줄 녀석이 겨우 와줬다」라며 기대하는 시선이 레인에게 집중되는 와중에, 에어는 다른 생도들처럼 시선을 보내거나 「뭔데」라며 말을 건네지도 않는다. 이러한 무시 자체가 싸움 상대는 역시 레인이었음을 노골적으로 증명하는 바.

'역시.'

'저 자식이 원인인가.'

'뭔 짓을 한 거야.'

'애슬리하고 바람피우다가 걸렸나?'

'어라, 애슬리가 본처고 저 애가 바람 상대 아니었어?'

제멋대로 떠드는 목소리가 들려왔지만, 차마 지금은 상대해줄 여유가 없었다.

'어쩔 수 없군—.'

레인은 자신이 해야 할 일을 마지못해서 받아들인 뒤.

"에어. 할 이야기가 있다. 잠깐 와줘라."

장소를 바꾸기 위해 제안했다.

"뭔데."

옆쪽 차량으로 이동한 다음 첫마디.

평소의 무뚝뚝함에 언짢음이 뒤섞인 말투.

레인은.

'……음, 무슨 이야기를 하라는 거야.'

새삼 무엇을 말해야 하나.

알 수가 없는 상태였다.

'일단 머리나 숙여 사과하면 되나? ―아니.'

좀 다르다.

레인은 이 상황을 타개하기 위한 간편한 방안을 머릿속에서 떨쳐 냈다.

'설령 얌전히 사과해서 금방 해결되는 상황이더라도―.'

레인은 무엇 하나도 잘못이 될 만한 행동은 하지 않았다.

역시 이렇게 기체 호위를 맡아 오기보다는 전장으로 나가는 편이 좋다.

그 생각은 변함없었다.

―또한.

그렇게 생각하자면 에어를 앞에 두고 어떠한 말을 해야 하는지 전혀 알 수가 없었기에.

"……."

"……."

더더욱 침묵하게 됐다.

"……."

"……."

무위의 시간.

불러낸 당사자답게 레인이 먼저 용건을 말해야 할 테지만.

'무슨 소리를, 하라는 거냐…….'

딱히 용건이 없었다는 사실을 깨달아 어색함이 이어졌다.

이윽고.

"……경계 임무는 괜찮아?"

에어가 먼저 말을 붙여줬다.
레인의 상황을 대강 알아채서 한 발언이었다.
"……잠깐은 괜찮을 거다. 애슬리한테 맡기고 왔어."
"그래."
"지금은 설산의 절벽 부근을 달리는 중이니까 적의 습격도 없을 테고."
"그러게. 분명 지금은 괜찮을 거야."
"그래."
재차 대화가 일단락되니.
"……."
"……."
또다시 침묵.
어색한 분위기가 감돈다.
이곳에 불러냈던 당초에는 물론 에어도 팔짱을 끼고, 턱을 치켜들고, 흥흥거리며 화났음을 어필하는 자세였다. 굳이 불러낸 만큼 상대가 사죄든 무엇이든 먼저 말을 꺼내리라 생각했기 때문이었다.
그러나 정작 불러냈던 레인이 도리어 입을 다물었던 결과, 두 사람이 같이 안절부절못하며 도통 대화를 성립시키지 못하는 지옥 같은 시간만 흘러갔다.
레인은 뭔가 말하려다가도.
'어째서, 내가…….'
자신을 잘못하지 않았다는 고집 때문에 입을 다물고, 한편

화났다는 태도를 막 보인 입장에서 에어는 먼저 입을 열기가 부끄러웠던 터라 도리가 없다.

인원이 많았던 만큼 차라리 방금 전까지 있던 방이 훨씬 나았을 것이다.

—얼마 뒤.

"잠깐 창문 좀 열어도 될까."

"창문?"

"바깥 공기를 들이고 싶어서."

"흐응……."

에어의 맥 빠지는 대답과 함께 레인은 열차의 창문에 손을 가져가서 활짝 열었다.

물리적으로 공기를 바꾸기 위해서다.

'……으음.'

어떻게 해야 할까.

고민하면서 바깥을 본다.

현재 열차는 설산의 절벽 부근에 설치된 노선을 통과 중이다. 산의 벽면에 억지로 길을 설치한 까닭에 오른편은 깎아지른 암석층이고 왼편은 낭떠러지였다.

낭떠러지의 높이는 50미터를 넘어섰다.

낭떠러지 아래는 숲이 있지만, 만약 떨어지면 무사하지는 못할 것이다.

딱딱하게 녹슨 창문을 열자 눈바람이 단박에 불어 들어왔다. 시속 60킬로미터로 악천후 속을 달리고 있는지라 무척 싸늘하다. 다만 곧바로 창을 닫지는 않았다.

왜냐하면 레인이 문득 시선을 위로 향했을 때.

'——?'

—그림자.

설산의 절벽에서 「검은 그림자」를 봤기 때문이었다.

'방금…….'

—검은 그림자.

정말 한순간이었다.

그렇지만 백설에 섞여 움직이는 검은 물체가 깎아지른 절벽에 분명 있었다.

그렇지만 그 『그림자』는 눈이 시야를 가로막았던 틈에.

'뭐지—.'

곧장 사라져버렸다.

다만 잘못 본 것은 아니었다.

레인은 똑똑하게 목격했다.

그것은 검은 그림자—.

'대체 뭐였지, 방금 전……?'

눈발에 가려졌음에도 분명하게 이질적인 물체가 존재했었다.

그렇지만 수직에 가까운 저 바위층에 기계는커녕 사람이라도 서 있다는 것은 말이 안 된다. 눈이 사람의 무릎 근처까지 쌓였기 때문에 이쪽을 알아차린 뒤 곧장 몸을 숨기기도 불가능하다.

에어가 옆에 있다는 긴장 때문에 환각을 보았을까?

그런 가능성마저 떠올리기 시작했을 때 이번에는 레인의 시야 대부분이 흑색으로 가득 칠됐다. 방금 전까지 백설을 바라보고 있던 시야는 전기가 불쑥 두절된 것처럼.

"어……."

암전됐다.

눈앞이 어두워진다.

어안이 벙벙했다.

눈앞에 출현한 그것은— 은색의 장갑이었다.

'뭐?!'

갑작스럽게 열차 위쪽에서 출현했다.

무기질적인 물질.

그것은 네 개의 다리를 갖춘—.

'어떻게!'

엑세리아였다.

공중에서 불쑥 출현한 기체.

낙하한다.

반응이 지체됐다.

그리고 다음 순간에는.

"아!"

무시무시한 충격이 치달았다.

폭풍이 휘돌았다.

갑작스레 나타난 엑세리아가— 곧장 열차에 착지했다.

'엑세리아가 대체, 어떻게……!'

도대체가 어불성설이다.

땅에 붙어서 다니는 전차가 주행 도중의 열차에 뛰어오른다는 것은 절대로 불가능하다.

그러나 느닷없이 공중에서 출현한 엑세리아는 지닌 중량을 전부 쏟아부어서 차량의 지붕과 측벽을 뜯어 부수고는 손쉽게 내부 침입을 완수했다.

열차는 벽이 파괴되었다.

기계 병기가 침입한다.

파편이 흩날린다.

눈과 분진이 뒤섞여서 시야가 크게 차단됐다.

—그런데.

"이런."

목소리.

누구의 목소리도 아니었다.

레인도— 에어도 아닌 목소리.

시속 60킬로미터로 달리는 열차에서 무시무시한 바람 소리가 울려 퍼지는 와중에, 분명 혼잣말 같은 음성이었는데도 묘하게 그 인물— 소녀의 목소리를 한 마디 누락도 없이 레인은 포착할 수 있었다.

그 소녀는.

"아무도 없을 차량을 애써 골랐는데도 역시나 있었군요."

—흑빛.

흑색의 소녀.

"별로, 내키지는 않네요."

서방국의 기체 AT3 위쪽에 섰다.

그자는 이 자리에서도, 기습을 벌인 적으로서도.

'뭐냐—.'

너무나 이질적이었다.

'뭐냐, 이 녀석은!'

흑색— 짧은 말로는 부족하다.

그 소녀를 뒤덮은 것은 흑색보다 짙은 칠흑이었고, 일절 빛을 허락하지 않는 어둠이 칠한 색채였다.

레인처럼 오르토메니아 사람 특유의 옅은 흑색이 아니었다.

허리 부근까지 내려오는 긴 머리카락은 사락사락 나부끼면서도 주위의 색깔에서 완전하게 독립될 만큼 순수한 칠흑이었고, 또한 몸에 착용한 피복 및 장식도 소녀의 자태를 뒷받침해줬다.

흑의—.

칠흑의 용모.

그리고 무엇보다도 이질적인 것은 그 소녀가 왼손에 든 『도검(刀劍)』이었다.

'……검?'

무슨 의도인가.

어째서 저런 물건을.

휜 모양이 특징적인 저 도검은 서방국에서 채용하고 있는 군도(軍刀)인 듯싶지만, 어쨌든 간에 탄환 마법이 난비하는 전장에서 군도를 들고 다니는 인물 따위는 이제까지 단 한 번도 본 적이 없었다.

식전에서나 들고 다닐 예장품이다.

실전에서 쓸 물건이 못 된다.

그러나 저 소녀는 마치 무기처럼 들고 있다.

—검을.

'이 녀석.'

레인은 직감했다.

그저 당장에 이 자리에서 처리하지 않으면 큰 재앙을 불러오게 될— 그런 존재임을.

이해했다.

직감이 경종을 울린다.

이 녀석은— 위험하다고.

'——.'

오싹, 오한이 치달렸다.

공포심에 몸이 떨린다.

그러나 모든 감정을 뿌리친 뒤, 레인은 행동에 나섰다.

소녀가 적국의 병사로서 이렇듯 기습을 벌인 이상은 이 자리에서 죽이지 않는다는 선택지는 없다. 생포는 불필요하다.

저런 존재는 이곳에서 잘라내야만 한다.

따라서.

'큭, 쏴야 하는데—.'

레인은 치켜들었다.

손에 쥔 권총을.

백설의 안쪽, 소름이 끼치도록 조용하게 단지 가만히 서 있는 저 흑색의 소녀에게.

하지만.

"잠깐—."

총을 겨누는 레인에게 제지의 목소리가 들렸다.

그 목소리는.

"잠깐만, 레인! 그 녀석에게서 떨어져!"

옆쪽에 있던 에어의 말이었다. 조바심이 가득 들어찬 그 음색은 갑작스럽게 출현했던 흑색의 소녀가 어느 정도의 힘을 가지고 있는지— 역량을 순식간에 파악했기에 나왔을 따름일 것이다.

그렇지만.

'시끄러워—.'

에어가 꺼낸 제지의 목소리는 닿지 못한다.

얼마 전 대립에서 『싸우지 말라』라는 말은, 여타의 상황과 관계없이 모두 자신에 대한 부정으로 받아들이게 됐던 레인에게 그 목소리는 미숙한 반발심만 낳는 것으로 끝났다.

레인은 흑의의 소녀에게 조준을 마친 뒤.

'사라져라, 이곳에서—!'
사격했다.
살육의 탄환을.
에어가 제지했음에도 불구하고 쏘았다.
—피아의 전력 차이도 이해하지 못한 채.
그리고.
'——읍.'
오싹, 레인은 오한에 휩싸였다.
무엇인가—.
무엇인지는 모르겠다.
마도사가 근미래를 예측하는 『공각질』이 작동하여 자신의 위험을 감지했던 육체가 반사적으로 한 걸음만 앞으로 걸음을 내디디도록 했다.
거의 무의식에 가까운.
단지 앞으로 한 걸음을 내디뎠을 뿐.
레인 스스로도 이유는 알 수 없었다.
그러나.
"반응을, 하다니."
목소리가 들린 방향은— 뒤쪽.
"아……."
"평범한 마도사는 아닌 것 같군요."
그저 뒤쪽에서 들린 목소리가 아니다.
맞닿을 만큼 가까운 바로 뒤쪽에서 들린 목소리는 분명히 지금 막 눈앞에서 엑세리아에 탑승하고 있었던 흑색의 소녀가 꺼낸 말이었고, 레인의 왼쪽 가슴에서는.

"심장을 찌를 의도였습니다만 빗나갔군요."

결단코 실전에는 적합하지 않을 무기가—.

"커, 흑……."

군도가 튀어나와 있었다.

레인의 등 쪽에서.

폐와 늑골을 관통하여— 왼쪽 가슴을 관통하는 형태로.

"아, 끄아아아아아아아아!"

감지한 순간, 격통이 온몸을 뒤덮었다. 분명 심장은 비록 피했다지만, 등 쪽에서 폐와 몸체를 찔린 중상은 이제껏 겪은 상처를 전부 더해도 따라가지 못할 정도의 격통을 낳았다.

'어떻, 게—.'

어떻게 된 일인가.

—알 수가 없다.

—어떤 공격이었지?

사고가 새빨갛게 물든다.

혼란에 파묻힌다.

이해할 수가 없다.

등 뒤를 찔렸던 순간의 상황도.

그 논리도.

이 흑색의 소녀에게 순식간에 등 뒤를 빼앗겼던— 그 원리도.

모든 것 전부가—.

“지금 죽이기에는 아깝네요. 하지만 젊고 재능도 있는 인간이 거품처럼 사라지는 것은 이 대전에서 끊이지 않는 비극—그러니까.”

원망하려면, 시대를.

전란을—.

말을 건넨 뒤 흑색의 소녀는 손안의 칼자루를 고쳐 쥐었다.

이대로 비틀면 칼끝은 간단하게 레인의 심장까지 도달한다.

그렇지만 이제 막 급소를 침범하려고 했던 순간에.

“윽—.”

작렬했다.

그것은 발 아래쪽에서 들끓는— 화염의 분류였다.

3. 중상자

충격에 의한 혼탁으로부터.

'…….'

조금씩 의식이 각성을 이루어 간다.

시야가 트이기 시작한다.

그리고 하얀 아지랑이가 끼어 있었던 의식 속에서.

"—으윽."

레인은 눈을 떴다.

그곳에 펼쳐져 있던 것은.

'뭐지—.'

설원이었다.

레인은 내리쌓인 눈 위에 오른팔을 아래에 둔 모양새로 쓰러져 있었다.

그리고 몸을 일으키려고 한 순간이었다.

왼쪽 가슴에서 격통이 치달았다.

그 이유는 방금 전 수수께끼의 소녀에게 폐를 꿰뚫렸던 군도가.

'아파…….'

몸에 아직껏 박혀 있었기 때문이다.

'제길…….'

가슴이 욱신거린다.

쇳덩어리인 군도.

그런 물건이 레인의 왼쪽 가슴을 등 쪽에서 가슴을 뚫고 완전히 관통했다.

억지로 잡아 뽑을 순 없는 노릇이었다. 피를 막아주고 있는 칼날을 뽑아내면 몇 분 안에 실혈사할 것이다. 레인은 군도가 박힌 상태에서 일어설 수밖에 없었다.

그리고 이해했다.

이곳은.

'으음, 어디야—.'

열차 위쪽이 아니었다.

하얀 눈.

키가 큰 나무들.

숲속이었다.

레인 이외에 한 명도 사람이 없다.

이곳은 무인의 설산이었다.

그리고 눈이 내리쌓인 무수히 많은 나무가 고독하게 우뚝 못 박힌 레인을 둘러싸고 있다.

주위에서는 열차의 잔해 및 파편으로 짐작되는 인공물이 연기를 피워 올리며 타오르고 있었다. 금방 파악이 어려울 만큼 많은 숫자인지라, 눈에 보이는 곳곳마다 까만 연기가 휘돌며 올라가고 있다.

'어떻게—.'

어떻게 된 일인가.

그러나, 생각할 틈도 없이.

『—레인.』

문득 목소리가 들렸다.

자신의 이름을 부르는 목소리.

물론 주위에는 사람이 아무도 없다.

다만 환청이 아닌 목소리가 분명 자신의 이름을 불러줬다.

『레인, 대답해, 들리면 어서!』

"이 목소리……."

육성이 아니었다.

소리가 나오는 곳은 허리께에 달아 둔 무전기였다.

시선을 내려뜨리면 경계 임무를 맡았을 때, 애슬리에게 건네받은 뒤 허리춤에 달아 놓았던 연락용 무전기가 기동 중이었다. 아울러 지금 통신을 시도하고 있는 인물은 기계를 통한 목소리여도.

"애슬리, 너냐……."

누구인지 착각할 리가 없었다.

『레인!』

안도하는 목소리.

『아, 다행이야. 연결됐어……. 아까 전부터 몇 번을 불러도 대답이 없었는걸.』

"무슨—."

『어?』

“무슨 일이 일어난 거지.”

분명 무전기가 기동한 것은 행운이다.

그렇지만 이미 지나간 행운에 기뻐할 시간이 지금은 전혀 없었다.

현재 상황을 정확하게 파악하는 것.

그것이 무엇보다 우선해야 할 과제였다.

『무슨 일이라니, 열차 일부가 폭파돼서 탈선했잖아.』

“탈선—?”

요컨대.

『중앙의 차량 셋이 화물이랑 같이 벼랑 아래로 떨어졌어. 연결 부분부터 뜯겨 나가서 다른 차량은 무사했지만, 폭발의 중심지에 있던 차량들 셋은 그대로—.』

굴러떨어졌다.

폭발에 의해.

사정은 대충 알겠다.

레인은 제자리에서 정면을 올려다봤다.

‘타고 올라가기는 무리인가…….’

그곳은 낭떠러지였다.

방금 전까지 내려다봤었던 깎아지른 절벽은 이제 와서는 올려다보는 모양새가 됐다.

경사는 60도를 넘는다.

이 낭떠러지를 타고 올라가기는 불가능할 테지.

점점 강해지는 바람과 눈에 뒤덮여서 벼랑 위쪽은 볼 수가 없다.

어쨌든 그 하얗게 덮인 시야 너머에 레일이 있음은 분명하다.

자신은 추락해서 이렇게 벼랑 아래에 있지 않은가.

'어쩐지.'

주위에 어지럽게 널린 파편에도 납득이 갔다.

굴러떨어지는 동안에 부서지고 조각났던 차체가 더욱 쪼개져서 파편으로 전락했을 것이다.

아울러 그런 와중에 레인은 의식을 잃어버린 채 추락했다.

추락사를 면했던 것은 단순한 행운이었다.

몇 번을 죽었어도 이상할 게 없었다.

『그래서 남은 차량에 있던 우리는 무사했거든. 운송을 우선한다고 남은 차량으로 곧장 이동하는 중이야. 떨어졌던 차체에 레인이 있었다는 걸 알고 무전기로 연락해서 막 10분쯤 지난 참이었는데…….』

상황이 서서히 분명해진다.

그리고 레인은 애슬리에게 한동안 정보를 획득한 다음.

『있잖아, 레인, 괜찮아? 윗사람들은 나중에 구조대를 보내겠다는 말이나 하고, 그렇게 높은 낭떠러지에서 떨어졌는데 무사할 리가…….』

"아니……. 걱정은 안 해도 돼."

레인은.

"다친 곳은— 딱히 없으니까."

거짓말을 했다.

지금 애슬리에게 부상을 밝히는 데 이점은 전혀 없었다.
쓸데없이 걱정을 시킬 뿐이다.
“상황은 파악했어.”
레인은 대답했다.
부상당해서— 걸림돌 신세가 된 병사로서.
“이대로, ……나는 구조대를 기다려야겠군. 애슬리 너는 화물 운반과 호위 임무에 전념해줘라. 방금 전 습격했던 녀석은 서방의 병사였어. 또 나중에 습격을 벌일 가능성이 있으니 알아둬.”
전달한 뒤 레인은 애슬리와의 통신을 끊었다.
계속 연결한 채 놓아둬도 본래는 괜찮았을 것이다.
다만 현재의 레인은 애슬리에게 꼭 숨겨야 하는 부상을 당한 상태다. 이 이상 대화를 이어 나갔다가는 호흡을 헐떡이는 등 의문을 불러일으킬 가능성이 높았다.
‘아파……!’
살짝 긴장을 풀기만 해도 격통이 치달린다.
가슴께에 손을 가져가자 끈적하게 피가 묻어났다.
애슬리와 나눈 대화에서 구조대를 보내주겠다는 말은 나왔다지만 굵게 눈발이 날리는 설산, 게다가 이런 낭떠러지는 쉬이 찾아올 만한 장소가 아니었다.
상당한 시간을 필요로 할 것이다.
그때가지 이렇듯 극한의 지역에서 자신의 몸이 버텨줄 것인가, 굳이 검토를 할 필요도 없었다.

—버텨줄 리가 없다.
이대로 가면 실혈해서 죽거나 동사하거나 둘 중 하나다.
구조대를 기다릴 처지가 못 된다.
'제길.'
후회가 치솟는다.
어리석은 선택을 했던— 자기 자신에 대한 후회가.
'그때…….'
다시 떠올리게 된다. 방금 전 겪었던 공방을.
엑세리아에 탑승해서 기습을 벌인 『흑의의 소녀』과 교전했을 때의 기억을.
자신은 싸우고자 했다.
습격자와.
정작 피아의 전력 차이도 이해하지 못한 채.
『잠깐—.』
제지하는 목소리도 무시했다.
—깔보지 마라.
—우습게 보지 말라고.
그런 유치한 반발심으로 가장 귀 기울여서 들어야 했을 목소리를.
『잠깐만, 레인! 그 녀석에게서 떨어져!』
—무시했다.
그 결과가 지금의 꼬락서니였다. 열차는 파괴되어 탈선 및 추락했을 뿐 아니라 레인 자신까지 빈사의 중상을 짊어져야 했고, 현재는 벼랑 아래에서 혼자 죽음을 앞두고 있다.

'제길…….'

후회가 덮쳐든다.

자신의 어리석음에 짓눌릴 것 같다.

에어— 소녀는 모든 것을 이해했었고, 또한 자신에게 적절한 조언을 건넸을 뿐이었다.

이번 운송 임무 자체도 마찬가지였다.

레인은 적국의 습격 따위는 없는 불필요한 잡무일 것이라 예측했었다.

그러나 막상 뚜껑을 열어봤더니 이렇듯 실제 습격을 받게 되었다. 게다가 레인을 일순간에 제압할 만큼 강력한 마도사까지 보냈다는 것을 감안하면 적국이 얼마나 힘을 쏟았는지 짐작이 된다.

—제2세대 엑세리아를 진심으로 약탈하러 왔다.

그 사실 자체는 지금 와서도 예측 불가능한 부분이었다는 생각이 든다.

하지만— 방금 전 한순간.

분명 냉정하게 처신했다면 에어가 『잠깐』이라고 말했던 한 순간에는— 멈출 수 있었을 것이다.

그랬다면 열차를 지킬 수 있었을 것이다.

쓸데없이 상처를 입지 않았을 것이다.

부대에서 낙오되지도 않았을 것이다.

생각만 해도— 유치하고 어리석었던 자신을 통감하게 된다.

지난 언쟁에서 에어도 말하지 않았던가.

『어린애처럼 제멋대로 토라져서 제멋대로 내 말을 바꾸지 마.』

어린애, 그 말을 들었을 때 레인은 분노가 솟아났었다.

그러나 그런 한마디에 덜컥 평정심을 잃어 이렇듯 궁지에 빠진 자신은 어린애만도 못하다.

그저 어리석은 얼간이에 불과하다.

그러나, 그럼에도.

'뭔가—.'

뭔가 가능하지는 않을까?

지금 상황에서.

이대로 후회에 뒤덮여서 죽는 게 훨씬 최악이었다.

어떻게든 사고를 날카롭게 가다듬어 상황의 타개책을 세워야 한다. 이미 저지른 실책을 지워 없애기는 불가능해도, 이 이상 치욕을 덧칠하는 신세는 면할 수 있다.

생각한다.

왼쪽 가슴에 도검이 박힌 상태에서 설산의 낭떠러지 아래로 추락한 현 상황.

지금 처지에서 벗어나기 위한 계획을.

—그런 와중이었다.

갑작스럽게.

"아."

"음!"

목소리.

"이쪽 방향에 있었습니까."

"—아니."

"가슴에 구멍이 뚫린 채 그토록 높은 곳에서 굴러떨어지고도 죽지 않았던 것은 마도사로서 지닌 직감이 뛰어나기 때문이었을까요. 아니면 순수한 운……? 뭐— 아무래도 상관없습니다만."

불현듯.

레인이 잠시 시선을 아래로 향한 채 정면에서 눈을 떼었던 일순간이었다.

눈앞에 서 있는 자는 열차를 습격했던 서방국의 병사—.

"어째서, 여기에—."

방금 전—『흑색의 소녀』였다.

습격자—.

"경계하지 마세요. 잡아먹을 생각은 전혀 없습니다."

그 몸을 감싸는 흑의에는 몇 군데 찢긴 부분이 있었다.

레인과 마찬가지로 낭떠러지를 굴러떨어졌을 테지.

다만 부상을 당한 기색은 아예 없었다.

아주 멀쩡한 모습으로 눈 위에 선 소녀는.

"볼일은 별거 아니에요."

짧게 말한 뒤 흑색의 소녀는 일순간에 레인의 간격으로 들어왔다.

너무나도 경쾌한 동작— 반응할 틈도 없었고.

"군도는 한 자루밖에 없거든요."

총을 뽑을 틈조차 허락받을 수 없었다.

레인은 소녀에게 맥없이 등 뒤를 빼앗겼다.

그리고.

"돌려받겠어요."

소녀는 곧장 도검을.

'서, 설마―.'

쑥.

단박에 잡아 뽑았다.

"으, 큭, 아아아아아아!"

다시 한 번, 칼날이 박혔을 때와 비슷한 통증이 치달렸다. 만약 긴장을 푼 상태였다면 이대로 졸도했을지도 모른다. 그러나 진정 격통이 들이닥친 것은 이후의 소녀가 한 행동―.

"시끄러우니까 소리 지르지 말아주세요."

소녀는 도검을 빼서 생겨난 레인의 상처 구멍에 본인의 권총을 가져다 댔다.

그것은 암살용의 소형 권총이었다.

레인의 상처에 바짝 가져다 댄 결과, 피를 뒤집어써서 총신이 붉게 물든다.

곧이어.

"아플 거예요."

소녀는 방아쇠를 당겼다.

순간, 레인의 육체에 무시무시한 열기가 치달았다.

달군 쇳덩이가 오장육부에 흘러 들어오는 듯한 고통이 레인의 온몸에 전달됐다.

"끄, 악……!"

"겉 부분뿐이나마 상처를 막아 놓았습니다."

그러나 공격은 아니었다.

소녀가 발사한 것은 단순한 실탄이 아니다.

탄환 마법—.

고열을 응집시키는 마법의 탄환.

철마저 녹이는 고온은 레인의 상처를 단 한 순간에 불살라서 틀어막았다.

'크— 출혈을, 막아줬어……?'

대단히 거칠뿐더러 난폭한 응급 처치.

그럼에도— 죽지는 않도록.

지혈해줬다.

그 사실을 몽롱한 정신으로나마 이해했던 레인은.

'어째서, 이런—.'

그러나 정작 의도를 이해할 수가 없었다.

지금 상황에서 소녀가 자신을 죽이지 않을 메리트는 없기 때문이다.

고민할 틈도 없이 소녀는 못 움직이는 상태였던 레인의 등 뒤로 돌아들었다.

그리고 홱, 레인의 두 손목을 잡아 올리더니.

"팔은 묶어 놓겠습니다."

"윽."

레인을 뒷짐결박으로 묶었다.

저항 따위는 불가능했다.

상처와 함께 살점이 타서 문드러졌기에 제대로 힘이 들어가지 않아서였다.

그런 데다가 소녀는 무척 능숙했다.

작은 가죽이지만 소녀가 꺼내 든 것은 군대에서 채용하고 있는 구속용 밴드였고, 빙글빙글 원을 겹친 뒤 단박에 조여서 레인의 두 손목을 단단하게 결박했다.

"자, 어떻게 할까요."

"—뭐야."

"응?"

"도대체 뭐야, ……넌."

레인은 소녀의 전부를 이해할 수 없었다.

고작, 자신과 몇 살 차이도 나지 않을 소녀가— 가녀린 존재가 전장에 있는 사실도, 열차를 강습했다는 사실도, 레인의 몸을 찔러서 꿰뚫었다는 사실도, 지금 상황이 이리되었는데도—.

죽이지 않는 이유까지.

"그 말은 제가 누구인지, 묻는 질문일까요?"

흑색의 소녀.

소녀는 대답한다.

자신의 이름을.

설산에 갑작스럽게 나타나서 군도를 손에 든 모습으로.

"저는 서방국의 데드림이라는 사람입니다."

약간의 머뭇거림도 없이.

흑색의 소녀— 데드림이라고 이름을 밝힌 존재.

레인이 있던 열차에 기습을 감행했던 습격자.

백설에 덮이지 않는 기이한 분위기와 미려함을 갖춘 소녀가 내놓은 제안.

그것은.

"당신을 이곳에서 죽이는 것은 간단합니다."

하나의 교섭이었다.

"실제 이러한 상황이 아니었다면 적군의 병사 따위야 곧장 처분했겠죠. 그러나 이번에는 약간 좀 상황이 다른지라."

"아……?"

"위쪽을 봐주세요."

시키는 대로 레인은 위쪽 방향으로 시선을 보냈다.

다만 그곳에는 아무것도 보이지 않을 만큼 하얗게 물든 공허가 있을 뿐이었다.

더욱이 좌우를 둘러본들 50미터 너머도 안 보일 만큼 시야가 몹시 제한되는 상태다. 본래 이곳은 삼림이었던 데다가 내리는 눈은 시간이 지남에 따라 더 강해지고 있다.

막 정신을 차렸을 때보다도.

"이해했습니까?"

강설량은 확실하게 걸음을 재촉하고 있다.

“이렇게 극한이라는 말로도 표현이 안 되는 눈……. 아무 대책을 세우지 않는다면 제아무리 강인한 인간일지라도 한 시간 안에 동사하겠죠. 그리고 저는 설산에서 살아남을 수 있는 방법을 따로 습득하지 못했습니다. 세세한 노하우 등은 현역 병사인 당신이 잘 알리라 생각했습니다.”

다시 말하자면— 지혜를 빌려달라고.

이곳에서 당장 죽이지 않는 대신에 설산을 빠져나갈 때까지 협력하라고.

데드림은 계속 말했다.

“제게도 이번 사태는 뜻밖이었습니다.”

소녀는.

“본래는 신속하게 화물만 탈취할 예정이었거든요. 게다가 제가 데려왔던 동료도 어딘가로 떨어져버렸던 탓에 서둘러 찾아내야 합니다.”

따라서— 데려가겠다는 말.

레인을.

물론 딱히 제안은 아니었다.

협박이다.

레인에게 고개를 흔드는 선택지는 없다. 거절하면 죽이겠다는 내용을 포함한 말은 당연할뿐더러, 무엇보다 중상을 입은 레인은 이대로 혼자 고립되면 곧 얼어붙어서 죽는다.

—아니.

‘설령, 협력해도…….’

용도가 다하면 이 소녀는— 자신을 죽일 것이다.

소녀가 군인이고 자신이 적국의 병사인 이상 확실하게 맞이할 결말이다. 설산을 빠져나갈 수 있는 방법을 소녀가 확신하는 순간까지가 레인의 타임 리미트이기도 했다.

그러나, 이런 불리함을 가미하더라도.

'지금은—.'

지금은 눈앞에 있는 적국의 소녀에게 협력할 수밖에 없다.

중상을 입은 현재 레인의 전투 능력은 전혀 없는 것과 마찬가지다. 생사여탈의 권리를 틀어잡힌 일방적 관계이지만, 일단 살아남기라도 하면 기회는 돌아온다.

지금 상황에서는 목숨을 연명하는 것이 우선이었다.

"그럼 어떻게 하겠어요? 이곳에서 죽든가, 제게 힘을 빌려주든가?"

대답을 재촉하는 소녀.

—거절하는 선택지 따위 없었다.

레인은.

"……제안이 하나 있어."

"들어보죠."

"이대로 설산 탈출을 시도한들 이곳의 주변 40킬로미터는 무인 지역이야. 눈이 내리는 와중에 장비도 없이 이동하다가는 탈출하기 전에 틀림없이 죽겠지."

"그러면 눈이 그치기를 기다리자?"

"그것도 위험하지. 식량도 장비도 없는 상황인 데다가 언제 눈이 그칠지도 알 수가 없어."

—결국.

모든 자원이 부족하다.

그런 결론에 도달했던 레인은 최선이라고 생각되는 대책을 제시했다.

물론 자신이 살아남기 위해 시간을 지연시키는— 진짜 목적도 뒤에 숨겨서.

"가까운 곳에 우리와 함께 추락했던 열차가 있을 거다. 거기에 식량이나 쓸 만한 기계류가 사용 가능한 상태로 떨어져 있진 않을지 찾아보는 게 가장 좋겠어."

추락했던 열차를 찾는다.

그러려면 낭떠러지를 따라서 걸어가는 것이 가장 조우할 확률이 높을 것이라 예측할 수 있었다.

주행 중 폭파를 당해 탈선했고, 열차 일부는 추락하는 상황이 됐다.

또한 레인과 소녀는 맨몸으로 내동댕이쳐지는 신세가 됐기 때문에 같은 지점으로 떨어지지는 않았지만, 물리적으로 아주 먼 장소까지 갈 필요는 없다.

기껏해야 수백 미터 반경의 범위일 테지.

눈 때문에 시야가 극단적으로 제한되는 상황이어도 걸어서 찾을 순 있을 것이다.

수색에 임하며 레인이 앞을 걸어가고.

"방금 전 당신의 옆쪽에 있었던 아이……."

"방금 전?"

"열차 안에서요."

뒤쪽을 걷는 인물은 흑색의 소녀.

이름은 『데드림』이라고 대답했었다.

서방국의 마도사.

레인의 등에 위협으로 권총을 들이대고 걷는 소녀는.

"—백색. ……아니요, 은색의 아이였는데요."

혼잣말하듯 말한다.

"무척 작았던 신체, 아름다운 얼굴과 어울리지를 않더군요. 급박한 상황에서 망설임 없이 차량의 추락이라는 수단을 선택했던 담력과 몸소 실행까지 한 정밀한 사격 솜씨는 적임에도 훌륭하다는 한 마디면 족합니다. 차량의 연결 부분을 파괴한 뒤 탄환 마법으로 적절하게 폭풍을 일으켜서 열차를 날려 보냈던 기술— 그런 인물이 현대의 전장에 나타날 줄은 예상하지 못했습니다."

은빛의 소녀— 에어에 대해 말을 거듭했다.

그리고 이야기를 들은 레인은.

'역시, 맞았나—.'

열차를 폭파했던 인물은— 에어였다는 사실을 알게 되었다.

'대강, 예측은 했었지만—.'

의문은 갖고 있었다.

그 상황에서 적국이 열차를 폭파할 메리트는 없었다.

단지 날려버리자는 목적이었다면 원거리 저격으로 충분했을 테니까. 굳이 올라타기까지 했다는 것은 열차를 파괴하지 않고 화물만을 회수할 필요가 있었다. —그런 의미였다.

아울러 에어는 이런 정황들을 순간적으로 판단한 뒤 행동했다.

적기에게 선수를 빼앗겼던 상황.

어떻게든 차체에서 적기를 떼어 놓을 필요성이 있다고 판단한 뒤, 기습을 실행했던 적의 역량을 간파하여 차량째 날려 보내버렸다.

언뜻 과격한 대응으로도 생각된다.

그러나 엑세리아까지 동원했던 기습을 허락해버린 지난 상황을 감안하면 에어의 행동은 합리적이었다. 거기에 착오는 없다. 그대로 습격자를 배제하지 못했다면 열차 전체가 파괴되었을 것이다. 이것은 습격이 『고작 한 기』로 이루어졌던 사실에서 짐작할 수 있다.

적국에는 확신이 있던 셈이다.

고작 한 기로— 습격을 완수하리라는 확신이.

'…….'

레인은 목격했었다.

불가해한 현상.

열차에 돌격했던 엑세리아.

위쪽에서 내려온 것이 아니었다.

올라탄 것이 아니었다.

거대한 기체는 분명 열차의 위쪽으로.

'갑자기— 나타났어.'

—그렇다.

똑똑히 봤다.

절대 물리적으로 설명이 안 되는 현상. 선로의 우측은 깎아지른 암석층, 좌측은 낙차 50미터의 벼랑이 위치했었다. 그런 지형을— 애당초 엑세리아가 주행 가능할 리 없었다.

그렇지만 그곳에 갑작스럽게 출현했다.

엑세리아가.

'뭔가—.'

뭔가 분명히 있다.

흑색의 습격자— 데드림에게는 무엇인가가.

그렇기에 정체를 알기 전까지는 절대 선불리 움직일 수 없을 것이다.

"멈추세요."

퍼뜩 놀라며 멈춰 섰다.

걸음을 멈추라는 목소리.

레인은 사색에 의식이 집중되어 있던 때였지만.

"연기 냄새가 나는군요."

데드림의 말대로 살짝 깊숙이 숨을 들이마시자 연기 냄새를 감지할 수 있었다.

바람 방향을 감안하면 북쪽 방위에서 냄새가 흘러들고 있다.

맞바람을 받아 나아간 곳에는 거뭇거뭇한 연기를 피워 올리는 차량의 잔해가 있었다.

다만, 그곳에 가까이 다가가지 전에.

"이런."

레인은 후방에서 데드림에게 팔을 붙들린 채 정지해야 했다.

콱 붙잡아 움켜쥔다.

상처가 옥죄이는 아픔 때문에 얼굴이 일그러졌지만, 몸을 움찔할 수도 없도록 레인은 데드림에게 바짝 제압되고 말았다.

그리고 레인을 제압한 채.

"서로 인질을— 잡았군요."

데드림이 시선을 보내는 곳.

그곳에는.

"묘한 상황이 됐습니다."

두 사람이 있었다.

한 명은 서방국의 군복을 입은 병사였다. 나이는 서른 남짓, 붉은색이 감도는 머리카락을 지닌 타국의 병사였는데 왼쪽 다리는 붉게 물들어 있다. 붕대의 안쪽에서 피가 배어나고 있을 것이다.

아울러 더 뒤쪽에는.

"생각하는 게 똑같네."

은빛의 소녀— 에어가 총을 겨누고 있었다.

추락하는 열차와 함께 소녀도 낭떠러지 아래로 떨어졌었나 보다.

처한 상황은 레인 및 데드림과 완전히 같다.

부상당한 포로를 붙잡고 있다.

아울러.

"너, 아까 열차를 습격했던 마도사구나."

에어는 똑바로 마주 섰다.

데드림과.

"그러는 당신은 열차를 추락시켰던 동방의 병사군요. 이름이?"

"에어."

짧은 대답에.

"그래요. 저는 데드림. 서방국의 병사입니다. 자, 에어."

경계를 늦추지 않은 채 교섭을 시작했다.

"이렇게 눈보라가 불어닥치는 날씨, 이곳에서 싸워도 양쪽 다 금방 동사할 겁니다. 그러나 우리는 서로 간에 싸우기 위해 맞닥뜨렸던 것이 아니라 어디까지나 화물의 호위가 본래 임무였습니다."

지금 상황에서 싸운들 의미가 없다.

승리해 봐야 결국은 동사한다.

그렇다면 설산을 협력해서 탈출하는 방법이 가장 살아남을 확률이 높다.

"함께 협력하죠."

인질 교환부터 시작할까요.

데드림의 제안을 들은 뒤 똑같이 인질을 확보하고 있던 입장의 에어는.

"알았어."

더 이상의 교섭을 하지 않은 채 데드림의 요구를 받아들였다. 에어는 붙잡아 놨던 서방국의 병사에게 전방으로 걸어가도록 지시했고, 데드림 또한.

"자, 당신도."

그에 맞춰서 레인을 제압하고 있었던 손을 떼었다. 그리고 아직 밴드로 두 손을 뒷짐결박당한 레인의 등을 걷어차서 앞으로 걸어가도록 지시했다.

"……."

아무런 말 없이.

레인은 시키는 대로 걸음을 내디뎠다.

10미터쯤 걸었을 때 맞은편에서 걸어오는 남자— 에어가 붙잡아 놨던 서방국의 병사와 순간 엇갈렸다. 눈 때문에 알아보기는 어렵지만 역시나 젊은 장교다.

선이 가늘어서 도저히 단독으로 기습전을 맡아 수행할 만한 인물은 아닐 듯싶은 나약함이 느껴진다.

'역시—.'

이번 기습의 핵심은— 저 흑의의 소녀다.

확신했을 때.

"어서 와."

무뚝뚝한 음색.

쭉 기다렸던 에어의 목소리.

간신히 걸어 다가왔던 레인을 보고.

"다친 데부터 보여줘."

처음 건네는 말은 검에 찔렸던 상처를 보여달라는 명령이었다. 시키는 대로 레인은 찢어진 옷 틈으로 데드림이 지져 놓았던 상처를 보여줬다.

그리고 중상임을 한눈에 이해했던 에어는.

"……피만 막아 놓았네."

담담하게.

"상처 자체는 전혀 회복되지 않았어. 꽤 깊이 다쳤고."

확인하듯 중얼거렸다.

레인이 제멋대로 행동했었던 까닭에 입게 된 부상이지만, 소녀의 언사에 분노 따위의 감정은 없었다.

단지 합리적으로 파악하려는 듯이— 소녀는 상처를 유심히 들여다봤다.

이윽고.

"당분간 저 녀석들과 함께 행동하는 게 좋겠네."

그것은 레인이 막 물어보려고 했던 「이제 어떻게 할 것인가」라는 물음에 대한 대답이었다.

하지만.

"함께 행동을— 괜찮은 건가? 적국의 병사인데."

방금 전에는 데드림에게 협박당한 형태로 함께 행동했었지만, 엄연히 협박을 당한 까닭이었다.

"아마도 안 괜찮겠지만, 달리 방법이 없어. 너희가 오기 전까지 나는 건너편에서 수색을 하는 중이었는데 그곳에서 발견했거든."

에어는.

"열차가 한 량, 추락했더라."

말을 하고는 에어는 북쪽 방향을 가리켰다.

"그 안에 엑세리아가 한 기 있었어."

"—설마."

"제2세대 엑세리아야."

에어는 말했다.

"열차에는 시험기 제2세대 엑세리아가 세 대 실려 있었는데, 그중 한 대가 여기에 떨어져버렸네. 기체 탈취가 작전 목적인 이상 저 둘은 우리를 죽여서라도 반드시 빼앗으려고 할 거야. 저쪽에서 협력 관계를 제안했던 것도 기회를 살피기 위한 방편에 불과해."

제안받은 협력 관계.

그러나 저 둘은 반드시 배반한다.

물론 레인도 생각했었던 내용이다.

데드림은 협력 관계라는 말로 레인을 살려 놓았었지만, 용도가 다했다면 분명 죽였을 것이다. 적군을 포로로 잡아 통제하는 것은 리스크에 불과하다. 처리하는 것이 제일이었다.

협력은 어디까지나 표면뿐.

뒤에서는 심장을 노리고 있다.

다만 기회를 살피고 있는 것은.

"뭐, 우리도 같은 입장이긴 한데."

이쪽도 마찬가지였다.

왜냐하면.

"우리한테는 지금의 상황 자체가 무척 불리해진 거야."

에어가 굳이 언급할 필요도 없는 문제이지만, 열차를 이렇듯 추락시켰던 시점에서 이미 선수를 빼앗긴 입장이다. 마도사가 몇십 명 대비하고 있던 압도적으로 유리한 상황에서 일대 일로 맞상대하게 된 지금 시점에는 적측이 상당한 우위에서 있다.

보통은 한숨을 지었을 테지.

돌이킬 수 없는 사태였다.

그토록 우위에 있는 상황이었는데—.

이런 후회를 뒤로한 채 최악으로 몰린 상황을 차차 개선할 수밖에 없다.

—평범한 인간이라면.

하지만.

"우리는 달라."

그렇다.

다르다.

평범한 인간이라면 결코 뒤집을 수 없는 사태에 처했는데도.

자신들은—.

이제껏 몇 번이고 치열하기 짝이 없는 전장을 바꿔왔던—두 사람에게는.

"우리에게는 마지막 비장의 수단이 있어."

단 하나가 남아 있었다.

이렇듯 궁지에 몰린 상황을 뒤집을 수 있는 선택지.

이미 일어난 결과를 뒤바꾼다—.

이미 확정된 현상을 근본부터 변혁한다—.

"악마의 탄환을 쓸 거야."

에어는 가슴께에 손을 넣었다.

그리고 꺼내 놓는다.

그것은— 은색의 탄환이다.

은은하게 빛나는, 통상의 탄환과 매우 다른 색채를 띤 그 탄환은 레인의— 아니, 전장과 관여된 인물들 전부에게 간섭할 수 있는 강대한 힘이다.

모든 것을 뒤바꾸는— 마법의 탄환.

"잘 생각해봐. 이번 기습을 계획해서 감행한 게 누구인지, 작전의 중핵을 담당했던 게 누구인지. —누가 없어졌을 때 우리의 유리함으로 돌아올지."

적 병사는 두 사람 있다.

그러나 다리에 부상을 당한 붉은 머리의 장교는 아닐 것이다.

그자는 평범한 마도사다.

이번 기습 작전의 중핵을 감당했을 리 없다.

다시 말해서 그 기발한 작전을 실행할 수 있던 인물은.

"데드림—. 저 이름을 댔던 검은 마도사 쪽이야."

에어는 시선을 보냈다.

대상은 거리를 벌린 채 저편에 있는 존재— 흑의의 소녀.

"우리가 이 상황에서 빠져나갈 수 있는 방법은 간단해. 이번 습격을 벌인 인간의 존재를 근본적으로 『소거』하는 것—. 강습의 실행자가 없었다면 우리의 호송 임무는 분명 무사하게 끝났을 거야. 그런 가설이 이상적이라면 사실로 만들 뿐."

그때 바람이 살짝 강하게 불었다.

바람의 휭휭 소리가 더욱 커진다.

그렇지만 그 소리에 지워지지도 않고.

"데드림의 존재를 악마의 탄환으로 지워버리겠어."

에어의 말을 레인은 뚜렷하게 들었다.

"그것이 지금 표면상의 협력 관계에서 우리가 선택해야 할 수단이고— 최선의 결과를 가져다주는 암살이 될 거야."

"흐음."

5분 후.

"확실히 본 적이 없는 기체군요."

추락했던 화물은 파편에 뒤덮여 있는 상태였다.

차체 자체는 산산이 부서져서 검은 연기를 피워 올리는 잔해가 됐다.

그러나 에어가 탄환 마법을 쓴 화력에 의해 자잘한 파편이 날아갔고, 데드림이 허리에 달아 놓았던 군도의 검집을 파편들 틈에 집어넣어서 지레처럼 옆으로 치워 냈다.

덜커덕,

덜커덕, 하고.

동일한 철거 작업을 레인도 같이 수행하려다가 힘을 넣을 때마다 가슴에 격통이 치달아서 제대로 일할 수 없었기 때문에 결국 에어와 데드림이 잔해 철거를 맡아 끝내게 됐다.

그리고 두 사람이 잔해를 치운 곳에.

"이 기체, 본 적이 있습니까? 에어."

"기밀이니까 대답해줄 리 없잖아."

기계 전차가 모습을 드러냈다.

이번에 레인과 다른 사람들이 임무를 받아 운반했던 신형 엑세리아.

그리고 데드림의 말대로였다.

—본 적이 없었다.

그 기체는 투박한 범용형과 다른 형태를 보유했다.

겉면은 전체적으로 유선형이고 사지의 골격도 규격부터 가늘어졌다.

아울러 무엇보다도 그 기체에는.

"이전 시대의 전차처럼 무기를 달았군요."

전진 부분에 거대한『주포』가 장착되어 있었다.

인간이 들어갈 만큼 커다란 직경의 원통— 그간 총기를 탑재하지 않음으로써 경량화를 실현시켜왔던 엑세리아의 설계 이념과 정반대의 모습을 지닌 기체였다.

종래와 몹시 다르다.

본 적이 없는 기체.

틀림없다.

이것이.

'신형, 『제2세대 엑세리아』…….'

강력한 열량을 만들어 내는 플로 엔진.

그것을 중핵으로 두어서 만든 신병기 엑세리아.

'몇 번인가 본 적은 있었지만…….'

수학자 클레이스 파르망이 완성시킨 기체.

본래 이것은 정보 기술의 집결이기에 서방국과 쟁탈을 개시해야 했다. 빼앗으려는 자가 있다면 필히 배제해야 할 뿐 아니라 약탈자 측 역시 수비하려는 인물들을 제거해야 할 것이다.

—그렇게 흘러가는 것이 올바른 흐름.

투쟁의 중핵이 되어야 할 존재였던 신형기.

그렇지만 지금 상황에 한정 짓는다면.

"이거, 진짜로 기동하는 겁니까?"

"최악의 경우 몸을 녹일 수 있는 열기만 만들어줘도 돼."

난방 기구로서 기대를 받고 있었다.

에어는 탑승석에 올라타서 부속되어 있던 열쇠로 플로 엔진을 기동시켰다. 한편 대기하던 데드림은 노출되어 있는 엔진부에 손을 가져갔다.

열쇠를 돌리자 철컥, 금속 맞물리는 소리밖에 울리지 않았지만.

"오! 따뜻해졌습니다."

"이제 동사하는 신세는 면하겠구나……."

차체 후방에 적재된 동력부에서 열기가 방출되기 시작했다.
기동이 이루어졌다.
스로틀이 회전하며 엔진에 흡수되는 공정이 없기 때문에 구형처럼 잘 기동됐다는 느낌은 받지 못했지만, 전류가 통함으로써 핵은의 붕괴가 개시됐다.
온도 기능은 없다.
그래도 차체가 열기를 띠면 접촉만 해도 체온이 회복된다.
이렇듯 빙점하의 바깥 공기에 노출되어 있는 상태에서는 값진 열원이었다.
계속해서 에어가 각부의 운동을 확인하자 역시 문제없이 움직여졌다.
곧이어.
“이건 제2세대 엑세리아 중 『포문형』으로 분류되는 기체 같은걸.”
“포문형?”
“캐비닛의 부속 문서에 쓰여 있었어.”
조종석에 있던 에어가 몇 장의 문서를 발견했다.
그곳에 적힌 문장에는 이 기체를 『포문형 엑세리아』라고 가리키는 기술이 있었고, 장착식 총기가 있는 이 기체는 틀림없이 제2세대형이 맞음을 증명해줬다.
‘포문형…….’
레인도 제2세대 개발에 관여했던 경험 덕분에 지식은 있다.
제2세대 엑세리아.

플로 엔진의 막대한 에너지 생산 능력을 활용하기 위해 종래의 기체에 가미하여 별개의 기능을 더한 기체다. 다만 실전에서 어떠한 부가 능력이 유효한지 충분한 검토가 이루어지지 않았기 때문에 현시점에서는 기체마다 보유 기능이 달랐다.

그리고 눈앞에 있는 은색의 기체, 『포문형』.

총격은 마도사가 수행하는 것— 이런 종래의 스타일에 역행하는 기체.

강력한 주포를 단 하나 탑재한 엑세리아다.

주포의 동력은 전부 엔진에서 공급되고, 핵은의 붕괴열에서 생산되는 열량을 순환 및 압축시킴으로써 마도사는 출력이 불가능한 열량포의 발사를 가능케 한다.

기동 방법은 단순하다.

스티어링의 스위치를 꾹 누른다.

그러면 구경 30센티미터의 주포에서 열량포를 발사할 수 있다.

그리고.

"시험 삼아서 한 번만 쏴보자."

에어의 제안으로 한 차례 기동시키기를 결정했다. 사용 가능한 무기가 있다면 항상 확인을 해놓아야만 한다. 에어는 기동 절차에 따라 재빨리 동력을 전개시켰다.

"일단 나무에다가 쏴볼게."

손가락을 꾹 눌렀다.

동시에 주포의 표적이 됐던 수목이 퍙창— 쿵! 작렬했고.

"윽."

폭음이 울려 퍼졌다. 거대한 수목이 산산조각으로 부서져서 불타오른다. 흩날리는 청색 불꽃, 그것은 탄환 마법의 하나인
볼도라
『청백염(靑白焰)』과 몹시 유사한 포격이었다.

'—으음.'

탄환 마법과 같은 포격.

그것을 기계로도 발동할 수 있다.

'확실히, 이건—.'

전장을 바꿀 수 있는 병기다.

뛰어난 공격성을 갖춘 마도사도 인간인 이상 체력이며 마력이 떨어지면 탄환 마법을 발동할 수 없게 되지만, 기계라면 안정적으로 공격을 계속할 수 있다. 전투 지속 능력은 비약적으로 향상된다.

다만 이렇듯 탄환 마법을 모방할 수 있다는 성능을 포함하더라도.

"뭐야, 제2세대라며. 의외로 변변찮네."

에어가 중얼거리는 말처럼 레인도 같은 생각을 했다.

확실히 마도사가 관계되지 않는 포격은 획기적이고 실천적이지만, 능력을 세세하게 따져 들어가면 물량의 증가에 불과하다. 고작 기체 하나로 전황이 뒤집어지기를 기대하는 것은 어림도 없다.

따라서.

"뭐, 당분간 이 녀석은 난로 대신이네."

에어와 레인은 더 이상의 검토를 생략한 뒤 다음 행동으로

옮겼다.

—『포문형』의 1퍼센트 정도 성능밖에 알지 못한 채.

검증을 마친 후.

그 자리에서 머무르지 않고 일행을 이동을 개시했다.

엔진으로 확보할 수 있는 에너지는 무한이 아니기 때문이었다.

열원이 고갈되기 전에 설산을 빠져나가지 못하면 동사한다.

데드림과 그 동료도 이동에 반대하지는 않았다.

어림짐작이지만 적측에는 원군이 없을 것이다. 또한 레인과 에어도 추후 보내준다는 구조대를 기대할 수는 없었다. 악천후가 진행되고 있는 이상 구조대는 제때 도착하지 못할 테니까.

어떻게든 자력으로 지금 상황을 벗어날 수밖에 없다.

하지만.

“전혀 빈틈이 없네.”

레인과 에어의 진짜 목적은— 다르다.

정공법으로 설산을 빠져나가는 것이 아니다.

단지 데드림에게 내세운 방편에 불과할 뿐.

“에어, 너도 저 녀석의 빈틈을 찾아낼 수가 없다는 건가?”

“무리야……. 어설프게 빈틈을 살피려고 들다간 그 낌새조차 들켜버릴걸.”

달성해야 할 목표는 하나.

그것은 악마의 탄환으로 데드림을 꿰뚫음으로써 세계를 수정하는 것.

그 때문에 동행하고 있다.

한 기의 엑세리아에 네 명이 함께 타서.

참고로 위치 관계는.

"좁아……."

"1인용 공간이니까 당연하잖아."

레인과 에어가 함께 조종석에 타게 되었다.

엑세리아는 전방의 조종석과 후방의 포수석(포레스트)으로 나뉘어 있고, 각각에 한 명씩 탑승하는 형태를 취하고 있다. 그것은 신형이어도 달라지지 않은 형식이었다.

아울러 본래 두 사람이 최대 탑승 인원인 기체인지라 네 명이면 끼여서 탈 필요가 있다.

그 결과, 같은 나라 출신의 병사끼리 같은 자리에 탑승하게 됐지만.

"레인."

"뭐냐."

"피비린내."

"가슴에 구멍이 뻥 뚫린 사람한테 불평하지 마라……."

1인용 좌석에 꽉 끼여서 앉으면 물론 좁다.

레인이 다리를 벌려서 만든 틈 안쪽에 에어가 앉아 조종간을 붙잡게 된 상황인데, 에어는 무척 몸집이 작은 까닭에 그런 자세로도 충분히 앉을 수 있었다. 어쨌든 그럼에도 좁긴 좁았다.

또한 이렇듯 밀착되는 거리인 터라 도저히 얼버무릴 수 없었다.

즉 레인이 입은 왼쪽 가슴의 중상은 전혀 봉합이 완료되지 않았다는 것.

에어는 말했다.

—피비린내라고.

다시 말하면.

“아직도 피가 나오는구나.”

말을 들은 레인은 시선을 아래로 옮겼다.

그곳에는 에어의 머리가 있었는데, 더욱 아래쪽에 있는 자신의 가슴께는 붉게 물들었다.

멋질 않는다.

상처에서 나온 혈액은 달궈 지졌는데도 여전히 줄곧 배어나고 있었다.

“……일단 어딘가에서 제대로 처치를 해야겠네.”

현재 일행이 나아가는 곳은 북서쪽 방면이었다.

임무에 임할 때 설산이 이어지는 레미나 산맥의 지리는 기억해 뒀다.

추락한 후 대강의 위치만큼은 예측이 끝난 상황이다.

설산을 빠져나가서 평원으로 간다.

그러려면 벼랑을 따라 북서로 나아가는 것이 가장 짧다.

그렇게 판단했다.

그리고 설산일지라도 엑세리아가 순조롭게 전진하면 상당히 느린 속도일지언정 열 시간 정도면 탈출 가능한 거리였다.

—그랬어야 했다.

하지만.

"눈……."

에어가 중얼거리며 위를 쳐다본다.

그러나 올려다본 곳에는 아무것도 없었다.

얼마 전보다 더 강해진 눈발 때문에 완전히 색이 사라졌다. 풍속은 시간의 흐름에 따라 강해지고, 간신히 확보할 수 있었던 시야는 몇 킬로미터도 나아가지 못한 채 완전히 소실됐다.

이렇듯 새하얀 세계에 뒤덮이게 된 레인은.

'화이트 아웃—.'

이 현상의 이름을 떠올렸다.

화이트 아웃.

겨울철 행군 중 조우할 수 있는 위험한 현상이다.

강설에 따라 시야가 백색 하나로 뒤덮이면 지형 및 방위는 커녕 하늘과 설원의 경계조차 알아볼 수 없는 까닭에 완전히 방향 감각을 상실하게 되는 이상 기상의 하나.

과거에 이러한 현상 때문에 조난당했던 사백 명의 부대가 모두 사망했던 사고도 존재한다.

아울러 이때 대처법은.

"날이 갤 때까지 기다려야겠네."

한자리에서 움직이지 않는 것이었다.

에어의 판단을 따라 네 사람은 시야가 트일 때까지 한자리에 머무르기로 했다.

다만 눈이 내리는 와중에 엑세리아를 탑승한 채 버티려다가는 몸이 얼어붙기 때문에, 에어는 탄환 마법을 사용해서 근방의 암벽에 큰 구멍을 뚫었다.

다이너마이트로 굴착하듯 길게 구멍을 뚫어 바람을 피할 동굴을 만든다.

그렇게 만든 안쪽의 가로 4미터쯤 되는 공간의 입구를 엑세리아로 막았다.

엔진은 기동시켜 둔 상태다.

방사열 덕에 동굴은 동사하지 않을 정도의 온기로 데워졌다.

곧이어.

"솜씨가 참 좋군요."

데드림이 중얼거렸다.

소녀는 동행했던 파트너와 함께 동굴의 안쪽에 앉고 말한다.

"역시 설산을 잘 아는 사람에게 맡기는 게 정답이었어요. 눈을 피하려고 구멍을 뚫는 발상은 떠올리지 못했습니다. 저라면 머뭇거리지 않고 전진만 했을지도 모르겠군요."

"……데드림, 말해 두겠는데."

"네, 알아요."

흑의의 소녀는.

"저도 이스나를 어서 치료해주고 싶은 참이었습니다. 서로 간에 파트너를 잃고 싶지 않은 마음은 똑같아요, 에어."

"……."

대답하면서 무표정인 채 데드림은 서방국의 병사— 데드림이 『이스나』라고 부른 장교의 발치에 쪼그려 앉아 맨손으로 바지를 득득 찢었다.

상처를 치료하기 위함일 테지.

데드림은 청년 장교의 찢어진 바지 옷감을 휙 던져 버리고 대신 손수건 및 봉제용 실과 바늘로 상처의 처치를 시작했다.

완전한 무방비.

이쪽에 등을 돌린 채 흑색의 소녀는 아군 치료에 전념하고 있다.

—쏴버릴까.

레인에게 그런 생각이 스쳐 갔지만.

"옷, 벗어."

바로 옆에서 들린 목소리가 가로막는다.

"어?"

"치료한다고 말했잖아. 빨리."

"하지만……."

"이것저것 하기도 전에 죽는다?"

이것저것— 레인이 떠올렸던 행동은 에어도 이미 알아차렸다.

그렇지만 이곳에서 데드림을 처단할 수 있다는 보증을 못 하는 이상은 역시 우선해야 할 것은 지혈이었다. 레인은 시키는 대로 상의를 전부 벗었다. 피에 젖은 옷가지 안쪽에서 나온 것은 생생한 절창(切創)이었고, 상처 구멍에서 뚝뚝 피가 흘러나오고 있다.

에어는 상처를 목격하고는.

"아플 거야."

선언했다.

"큭."

"엑세리아라든가 총기 정비용 공구로 대강 지혈을 할게. 아마 아파서 의식이 날아갈 것 같겠지만 그대로 자. 끙끙대려면 꿈속에서 마음껏 하고."

말을 마친 뒤 에어는 권총 정비에 쓰는 갈고리형 렌치를 레인의 상처 부위에 냅다 처박아서 안쪽까지 쭉쭉 밀어 넣기 시작했다. 그것은 단지 순간적인 아픔이 아니라 지속되는 격통으로 작용했다.

그 결과.

'——.'

레인은 맥없이 정신을 잃어버렸다.

'—이 상처는.'

레인의 의식이 날아간 이후 에어는 손을 움직였다.

'예상보다 훨씬 안 좋아.'

레인이 도검에 찔린 뒤 20분이 경과했다. 도중에 데드림이 지혈을 위해서 태워 놓았지만, 딱히 처치가 잘 완료된 것은 아니었다.

과장이 없는 중상이다.

이대로 두면 곧 죽는다.

'……어떻게든, 지혈이라도.'

에어는 레인의 늑골 사이에 천을 끼워서 억지로 벌렸다.
폐 안쪽에서 계속 피가 흘러나오고 있다.
그 위치에다가 감으로 갈고리형 렌치를 가져간 뒤 에어는 주변 조직을 집어서 피를 막았다.
순간, 레인이 손발을 움직거린다.
의식은 날아갔어도 통증은 몸에 전달되기 때문이었다.
에어는 그런 반응을 억제하면서 한쪽 손으로 작업했다. 광원이 적은 데다가 피투성이라서 안쪽까지 볼 수가 없는 형편이었지만, 손더듬이로 지혈을 되풀이하자 눈에 보이도록 흘러나오던 피는 점점 멎게 되었다.
하지만 결국 임시방편에 불과한 행위였다.
에어는.
'시간이 없어…….'
전부 파악하고 있었다.
빈사의 중상이다.
이대로 두면 채 하루를 못 버티고 폐가 망가져서 절명한다.
그래서 더더욱.
'이 상황에서…….'
에어는.
'벗어나야 하는데.'
근본적인 해결책을 떠올리기에 이르렀다.
그것은.
'이번 습격의 수모자를— 지워 없애야 해.'

열차를 추락시켰을 때부터 선택지에 넣어 두었던 생각이었다.
—악마의 탄환을 사용하는 것.
인간을 지운다.
공적을 지운다.
세계를 다시 만드는 작용으로.
'데드림…….'
저 소녀를 지우면 혹시 가능할지도 모른다. 그런 생각이 스쳤던 에어는 없애야 할 대상, 흑의의 습격자— 소녀의 이름을 떠올리며 그쪽에 힐끔 시선을 보냈다.
데드림.
소녀는 지금 파트너인 이스나의 다리를 치료하기 위해서 이쪽에는 등을 보이고 있다.
그리고.
'저 녀석—.'
불현듯 보인 소녀의 두 손은 파트너의 피에 젖어서 새빨갰다.
아군을 구하려는 행동이다.
그런 모습에서는 싸우려는 의사가 없는 듯 보였다.
'…….'
솔직히.
별로 예측하지 않은 행동이었다. 비록 기습이라지만 마도사로 구성된 일개 소대가 상대인데도 당당하게 전투에 돌입했던 존재가 지금은 부지런히 아군의 부상을 돌봐주고 있다.
제법 의외였다.

에어는 흑의의 소녀에게 조금 더 냉혹한 인상을 받았었다.

도검이라는 이상한 무기.

현실과 살짝 동떨어진 말투.

용모.

젊은 나이에 도드라진 능력을 보유한 마도사들은 대체로 파악하기 어려운 분위기를 갖고 있는데, 저 소녀야말로 딱 들어맞는 사례다. 과격한 수단을 써서라도 신형 엑세리아를 빼앗으려고 할 것이라 생각했었다.

동료 따위는 내버린 채.

그런데— 아니었다.

돌이켜보면 협력 관계를 먼저 제안한 것도 저쪽이다.

'뭐야—.'

에어는 사고한다.

소녀에게 받은 인상의 위화감이— 대체 무엇인가.

그러나 그때.

『들립니까? 레인.』

이곳에 있는 누구의 목소리도 아닌.

무기질적인 음성이.

『당신의 무선 번호를 들었습니다. 대답할 수 있나요? 레인.』

불쑥 들려왔다.

그것은 레인의 허리께— 호위의 일환으로 휴대했었던 무전기에서 들린 소리였다.

그리고 그 기계에서 들린 목소리가 누구의 것인지 에어는 곧장 알 수 있었다.

'클레이스—.'

이번 임무의 총괄자인 클레이스 파르망이다.

제2세대 엑세리아의 개발자인 클레이스가 레인의 무전기에 통신을 시도했다. 그리고 저쪽에서 통신을 받아 대화하려면 이쪽도 무전기를 조작할 필요가 있다.

그렇게 이해했다.

에어는 무전기에 손을 뻗었다.

그때였다.

"—그랬군요."

"아!"

"그런 물건을 숨겨 놓았나요."

목소리가 들린 순간, 에어의 오른손에 격통이 치달았다.

"끄, 아!"

무전기에 뻗고 있었던 에어의 팔이 퍽! 구타를 당했다.

그렇게 멈칫거렸던 한 순간 뒤에.

"—아얏!"

에어는 벽에 몸을 부닥쳐야 했다.

휙 밀쳐져서 등부터 격돌했던 탓에 호흡이 막힐 만큼 큰 통증에 휩싸인다.

좁은 동굴의 안쪽에서 일어난 기습.

그것은.

“무전기라…….”

“……데드림!”

“지금 이쪽의 목소리는 연결되지 않는 것 같습니다만.”

데드림이— 에어의 목에 군도를 바짝 들이밀었다.

—움직일 수 없다.

살짝만 몸을 움직여도 칼날이 파고들 것 같다.

“무슨, 짓이야, 너……!”

“통신을 받아주겠어요?”

완전하게 제압을 마친 이후의 요구.

‘윽—.’

방심했다. —아니다, 전혀.

충분히 경계했었다.

바짝 긴장했었다.

아무리 협력 관계를 맺었다지만, 아무것도 보장할 수 없는 말뿐인 관계였다.

이 흑의의 소녀에게 신뢰 따위야 전혀 없었을뿐더러 언제 상대가 총을 뽑아서 겨눠도 반격할 수 있도록 레인을 살펴보면서도 에어는 후방으로 의식을 분산시켰었다.

그렇게 하면 마도사의 『공각질』은 충분히 작동한다.

거리도 몇 미터는 떨어져 있었다.

그런데도.

‘어째서—.’

낭패를 당했다.

이토록 좁은 동굴에서 이쪽이 총을 뽑아 들 틈조차 없이 일방적으로 제압당했다.

또한 아무리 실전에서는 쓸 기회가 없을지언정 군대에 제식 채용된 군도였다. 칼날은 날카롭기에 살짝만 밀어 넣으면 에어의 목은 대번에 잘려서 찢길 것이다.

그렇게 경직될 수밖에 없는 상태에서.

"신뢰를 배반하게 되어 진심으로 죄송합니다, 에어."

냉담하게, 데드림은.

"그런데, 알잖아요? 적지의 복판에서 우군 따위는 바라지도 못하고, 한 사람은 제대로 걷지도 못하는 이런 상황에……. 저희에게 이곳은 한없이 사지에 가깝습니다. 그리고 이런 처지에서 가장 경시해서는 안 되는 것이 무엇인가, 굳이 말을 할 필요도 없겠죠?"

"……정보."

"네. 그것도 적이 보유한 정보예요."

데드림은.

"이대로 통신을 받아주세요. 저는 옆에서 듣고 있겠습니다. 물론 저희의 존재를 밝히거나 수상한 발언을 하면 곧바로 제 판단을 따라 움직이겠습니다."

말과 동시에 칼날이 더욱 강하게 목을 내리눌렀다.

'……'

선택의 여지는 전혀 없었다.

“클레이스.”

『그 목소리—.』

“응. 나야.”

『에어!』

에어는 클레이스에게서 온 통신을 받았다.

목을 칼날이 바짝 누르고 있는 처지는 결코 눈치채이지 않도록.

“클레이스, 내가 잠들어 있는 레인의 무전기를 대신 받은 거야. 아무튼, 네가 굳이 연락까지 하는 건 무슨 이유야?”

『무슨 이유라뇨, 그런 소리를 할 때가 아니잖아요!』

에어는 클레이스에게 상황을 들었다.

옆쪽의 데드림까지 함께 듣고 있지만, 에어도 정보를 얻어야 하는 입장이다.

『일단 추락한 한 기를 제외하고 다른 기체는 확보했다는 보고를 받았습니다.』

클레이스의 말은 에어와 레인의 동향을 어느 정도 결정하는 소식이었다.

에어와 레인이 현재 확보해 둔 기체 이외의 운반은 끝났고, 회수해야 할 기체는 여기 한 기뿐이라는 것. 그리고 이 설산으로 구조 부대가 이동 중이라는 사실을 알게 되었다.

곧이어.

『그런데 문제가.』

“……날씨 말이구나.”

『네. 현지에 있는 당신에게 할 말은 아닙니다만.』

"그러게. 눈 때문에 새하얘."

클레이스의 말에 대답한다.

여전히 목에 도검이 맞닿아 있다.

그럼에도—.

결코 부자연스러움이나 긴장이 드러나지 않게.

"뭐, 너무 걱정할 거 없어. 구조대는 처음부터 별로 기대를 안 했으니까. 우리는 우리들끼리 알아서 탈출할 거야."

『알겠습니다. 하지만…….』

클레이스는 잠시 말을 멈췄다.

그리고 몇 초의 침묵을 사이에 두고.

『에어, 이쪽에서 몇 가지 확인하고 싶은 게 있습니다.』

—확인?

"뭐를?"

『열차를 습격했던 적 병력은 함께 낭떠러지 아래로 떨어졌나요?』

그것은 이곳에 적이 나타날 가능성이 있는가 하는 질문이었다.

에어는 시선을 들어 올려서 귀를 기울이고 있는 데드림을 바라봤다.

소녀는 고개를 가로저었다.

자신들의 존재는 숨기라는 몸짓이다.

"적어도 나는 시체도 보지 못했어."

『그랬습니까…….』

“여기에 있는 건 나하고 레인뿐이니까.”

『부상을 당하지는 않았고요?』

“……레인이 부상당했어. 꽤 깊은 상처니까 구조 부대가 올 때 의약품이랑 치료 도구도 가져다줘.”

『그렇습니까. 레인이 부상을……. 알겠습니다. 준비는 시키도록 하죠.』

클레이스의 대답은 긍정이었다.

다만.

『하지만 에어, 여차할 때는 말할 필요도 없겠지요. 설산을 결국 탈출할 수 없게 되거나 궁지에 처했을 때는 레인을 꼭 죽이세요.』

“윽.”

『정말로 최종 수단입니다. 두 사람 모두 살아서 만날 수 있다면 가장 좋겠죠. 다만 부득이하게 가망을 기대할 수 없을 때는 에어 혼자서라도 기필코 살아남아주세요. 이렇게 못을 박지 않으면 당신은 잘 알면서도 틀린 선택을 할 테니까요.』

“틀리다니, 나는…….”

『에어.』

클레이스의 목소리가 이어진다.

『레인은 강한 의지를 가진 아이입니다. 결과적으로 그게 전황을 호전시킨다면 죽는 것 자체도 진심으로 바랄 겁니다. 그렇다면 목숨 하나를 최대한으로 사용하는 것 역시 레인 란츠라는 소년에 대한 일종의 경의예요. 당신은 누구의 목숨이든 간에 이용해야 할 때는 이용해야 합니다.』

—이용.

그 말을 의식했을 때 에어의 뇌리에 한 가지 생각이 스치고 갔다.

그것은.

'레인을— 지운다?'

단순하게 죽음을 선사하는 것이 아니다.

그래서는 『지운다』의 의미가 크게 다르다.

'만약, 악마의 탄환으로—.'

레인을 쏘면 어떻게 되나.

이론은 무척 단순하다.

이번 사태는 레인의 독단이 사라지면 없었던 일로 끝났을 가능성이 높다.

어쩌면 제2세대 엑세리아를 지킬 수 있었을 것이다.

물론 악마의 탄환을 알지 못하는 클레이스는 이런 의도로 한 말이 아니었다.

순수하게 생사를 두고 한 말이다.

그러나— 에어에게는 달랐다.

『지운다』는 행위에는 두 종류가 있다.

목숨을 지우거나—.

존재를 지우거나—.

그리고 레인이 희생하면— 임무를 완수할 수 있을 가능성에 새삼 생각이 닿는 한편으로.

『그러나 최종적으로 레인을 어떻게 처분할지는 당신이 판단할 사안이죠……. 제게 가능한 것은 최선이라고 생각되는 조언뿐이에요. 저는 당신의 의사를 따르겠습니다.』

즉 에어가 모든 것을 결정한다.

레인을 살릴 것인가.

지워 없애서— 임무를 우선할 것인가.

클레이스가 한 말은 어디까지나 조언이다.

무의식중에 에어가 최선의 답을 배제하지 않도록 미리 못을 박았을 뿐.

모든 것을 결정하는 사람은— 에어다.

『제가 전달할 사항은 이상입니다. 앞으로도 뭔가 정보가 들어올 때마다 내가 여러 번 연락을 드리겠습니다.』

"……."

『믿고 맡기겠어요, 에어. 파도치는 운명의 어느 곳으로 향해야 할지.』

그 말을 마지막으로 클레이스의 통신은 끊어졌고 조용한 공간이 돌아왔다.

직후.

"흐음, 음?"

고갯짓 한 번.

바짝 차올랐던 긴장은.

"당신도 많이 힘든가 봐요?"

데드림이 숨을 내쉬는 동시에 풀어졌다.

"자."

추임새와 함께.

데드림은 바짝 가져다 댔던 군도를 에어의 목에서 슥 떼어냈다. 콱 찌르는 듯한 살기는 소실됐다. 그리고 소녀는 방금 전까지 앉아 있었던 장소로 돌아간 뒤 다시금 털썩 주저앉았다.

"너……."

"무서운 얼굴은 거둬주세요."

가벼운 분위기로.

"몰래몰래 연락을 취하는 게 싫은 마음은 알잖아요?"

"당연히 알지. 하지만 넌 협력하자는 약속을 깨뜨렸어."

신뢰의 문제였다.

분명 자신들의 적국의 병사들이다.

동맹은 어디까지나 일시적인 수단이다. 백번 맞는 말이다.

최종 국면에서 서로 배반할 운명에 있음은 서로가 잘 이해하고 있다.

그러나 이렇듯 동행하던 중 갑자기 약속을 저버린다면 추후의 탈출 과정에서 잠시라도 리스크를 부담하기가 어려워진다. 최저한의 신뢰는 절대적이었다.

그렇지만.

'데드림—.'

이 녀석은—.

이런 정도의 요소는 물론 잘 이해하고 있었다.
지금 상황에서 『신뢰』를 잃는 것—.
그것이 얼마나 큰 손실일지.
다만 그럼에도 소녀는 에어에게 얻을 정보를 우선했다.
지금 상황에서 상대에게만 정보를 허락했을 때 얼마나 위험할 수 있는지 알기 때문이었다. 두 선택의 결과를 저울에 올린 뒤 데드림은 순식간에 판단해서 에어를 강경 제압했다.
생각이 없는 행동이 아니었다.
반대다.
신병이라 생각할 수 없는 경험과 지략으로 한순간에 『신뢰』라는 카드를 포기하는 소행이었다.
살아남기 위하여.
그런 판단을 일순간에 마쳤다.
'—이 녀석.'
데드림.
흑의의 소녀—.
'도대체 뭐야—?'
기묘한 존재.
행동거지를 돌이켜볼 때마다 오싹, 에어의 등줄기에 오한이 지나갔다.
그리고 몹시 수상쩍어하는 에어의 날카로운 시선 앞에서.
"안심하세요."
데드림은 얼어붙을 듯한 시선으로 받아치고는.

"용서해달라, 우스운 말은 당연히 안 하고요. 지금 행동을 흘려보낸 뒤 지금까지처럼 같이 협력하자는 말도 하지 않아요. 저는 저질러서는 안 되는 행동을 저질렀죠. 분명한 사실이고 용납될 수 없는 일. 약속을 깬 제게는 상응하는 벌이 필요하겠군요."

말한 뒤.

"총기를 전부 당신들에게 넘기겠습니다."

데드림은 휴대하고 있던 자신의 권총을 홀더째 에어에게 집어 던졌다. 게다가 데드림의 총뿐 아니라 본인의 파트너인 이스나의 장총까지 더해서 두 정이었다.

달그락, 굴러온다.

몸을 지켜줄 무기— 결단코 포기하면 안 될 물건이.

"이것들 말고 저희는 총을 가지고 있지 않아요. 부수든 버리든 직접 사용하든 원하는 대로 처분해도 상관없습니다."

"……."

"일단은 말해 두겠는데요. 진심으로 죄송합니다, 에어. 다만 저희도 필사적이에요."

그 말만을 남긴 뒤 데드림은 대화를 중단했다.

나머지 판단은 에어에게 일임하겠다는 뜻일 것이다.

또한 무기를 포기한다는 것은 보통은 전면적인 항복을 의미한다. 특히 탄환 마법을 주력으로 쓰는 마도사에게 총을 잃는 것은 손발을 잃는 것과 마찬가지였다.

보통은—.

보통은 에어도 이 시점에서 데드림과 이스나 두 명을 모두 쏘아서 처분했을 것이다.

누구든 간에 죽어도 되는 인간은 아무도 없다.

전쟁은 예외가 없는 해악이며 재앙의 상징이다.

그러나 자기 신변에 위험이 미칠 경우는 별개였다. 그때 주저하다가 쏘아 죽이기를 망설인 결과, 상대가 쏜 탄환에 죽는 사람은 이쪽임을 몇 번이고 통감했었다.

'…….'

그런데 불가능하다.

에어는 두 사람을 쏘지 못한다.

물론 정 때문이 아니었다.

냉정하게 판단한 까닭이었다.

분명 상대는 총을 내려놨다.

전투에서 이쪽이 유리해진 것은 분명하다.

다만, 그 행동은 반대로.

'움직일 수가 없어—.'

총을 잃어도 상관없다고—.

그럼에도 싸울 수 있다고.

—그런 의사의 표시였다면.

'적어도, 지금은—.'

데드림— 저 소녀는 충동적이지 않다.

언뜻 보자면 행동이 몹시 대담한데도 근간에는 깊은 생각이 뒷받침되어 있다.

그런 소녀가 미련하게 순순히 무기를 포기한다는 것이 말이 나 되나?

성의를 보이겠다?

사죄한다?

—그런 감정을 가지고 있는 인물이 이렇듯 전장에 나설 수 있겠는가.

있다.

있어서다.

절대적인 자신이.

'저 군도—.'

고작해야 도검 한 자루.

저것 하나로 싸울 수 있다는 자신감이— 데드림에게는.

"……한 번만, 눈감아줄게."

"고맙습니다."

"다시는 안 봐줘."

짧은 대화를 나눈 뒤.

에어는 데드림이 던져줬던 총을 붙잡아 동굴의 바깥으로 내던졌다.

—한 시간 후.

'아직도 멈추질 않아…….'

에어는 바깥으로 눈길을 주고 있었다.

화이트 아웃 될 정도의 강설은 여전히 멎질 않아서 네 사람의 걸음을 묶어 놓는다.

'동사는 하지 않겠지만…….'

본래는 몸이 얼어붙었을 극한일 테지만, 기동 상태로 놓아둔 엑세리아 엔진의 방출열은 좁은 동굴이라면 충분히 온도를 유지할 수 있다. 이 공간에 한정 짓자면 살짝 땀이 날 정도였다.

식량도 전투 식량이 있다.

네 사람이 평범하게 소비해도 닷새 몫은 되는 데다가 눈을 녹이면 안전한 물은 얼마든지 확보할 수 있었다. 따라서 우선 걱정해야 할 것은— 물과 식량만으로 보충할 수 없는 것.

"레인."

"……어?"

"눈을 좀 녹였는데 마실 수 있겠어?"

"……조금이라면."

에어는 반합의 뚜껑에 물을 넣어서 누워 있었던 레인에게 건넸다. 레인은 세 모금쯤 목 안쪽으로 밀어 넣은 뒤 뚜껑을 돌려주고는 역시 거칠게 숨을 몰아쉬면서 다시 축 늘어진 채 거의 움직이지 않게 되었다.

'레인—.'

뻔히 보였다.

부상의 상태는 안 좋다.

몇 시간 전보다 확실하게.

아직 의식은 명료하지만, 활동성은 눈에 띄게 떨어졌다.

어쩌면 당연할 것이다.

레인의 가슴에는 데드림에게 찔렸던 큰 구멍이 여전히 뚫려 있었다.

일시적으로 피만 지혈한들 완전한 처치는 못 된다.

눈에 띄도록 생명이 사그라드는 상태였음은 처음부터 잘 알고 있었다.

그러한 생각을 떠올리던 중 에어는.

'이제부터.'

레인의 옆얼굴을 힐끔 바라봤다.

상태를 살펴본다.

아마도 또 깊이 잠든 것 같았다.

통증 때문에 버거운지 앞이마에 비지땀이 배어나지만, 잠든 사람의 호흡 소리가 들려온다.

'…….'

이런 상태라면.

이렇게 의식을 잃은 레인이라면— 쏘아 죽이기는 별것도 아니었다.

탄창에 탄환을 바꿔 넣은 뒤.

방아쇠를 당겨서.

머리를 꿰뚫으면.

그 순간 끝난다.

에어는 문득 자신의 가슴께에 손을 올렸다.

그곳에는 무전기와 함께 몇 발만 휴대하고 있는 은색—『악마의 탄환』이 있다.

'이것을—.'

레인에게 쏘면 된다.

한 번의 사격으로— 이 상황을 벗어날 수 있을 것이다.

'쓴다? 그러면—.'

은빛의 탄환—.

에어는 그 악마의 힘을 옷 위쪽으로 쥐었다.

그때였다.

"반갑지 않은 불빛이네요."

"아!"

데드림이 건넨 목소리.

에어는 무의식중에 움찔 반응했다.

"음, 에어, 당신도 봤습니까?"

"뭐, 뭐뭐, 뭘!"

"……왜 허둥거리는지 이유는 잘 모르겠는데요."

뜻밖에도 놀라 당황하는 에어를 개의치 않고 데드림은.

"바깥이요. 바깥에 빛이 보여요."

동굴 바깥을 가리켰다.

'바깥……?'

다시 차분한 마음으로 에어는 말의 의미를 이해했다.

동굴 입구는 기체로 막아 두었다.

엔진을 멈춤 없이 구동시켰기에 바깥은 거의 내다볼 수 없지만, 데드림에게 들은 말대로 약간 드러나 있는 빈틈으로 동굴 바깥을 지그시 주시해봤다.

기본적으로 순백의 세계였다.

새하얀 색.

눈에 뒤덮인 세계.

그렇지만 관찰을 시작하고 몇 초 뒤였다.

아무것도 보이지 않아야 했을 설경의 백색 안쪽으로 이따금 반짝반짝 발광하는 물체가 에어에게도 결국 보였다. 거리로 치면 수백 미터는 떨어졌을 것이다. 자연 상태에서는 결코 찾아볼 수 없는 인공물에 의한 빛이었다.

숫자를 헤아리니, 크고 작은 불빛이 도합 스물쯤 보였다.

이쪽을 향해 다가오지는 않는다.

그럼에도 지금 상황에서 떠올릴 수 있는 가설이라면.

"어딘가의 군대겠네요."

하나뿐이다.

"어딘가……."

"글쎄요? 소속이야 알 방법이 없죠."

데드림은 계속 말했다.

"제가 소속된 서방국일지 아니면 당신이 있는 동방국일지는 알 수 없습니다만, 이런 상황에서 민간인이 집단으로 움직이는 것은 말이 안 되니까요. 저 숫자는 틀림없이 군대입니다. 게다가 소대 규모의."

데드림의 말이 맞았다.

저 집단은 군 소속이다.

추락한 『제2세대 엑세리아』를 수색하러 왔을 테지.

그것은 틀림없을 것이다.

다만.

'너무나 빨라—.'

에어는 당연한 의문을 품고 있었다.

그렇다, 저들이 동방국이든 서방국이든 이 장소를 찾아오기에는 너무나 빠르다는 것.

제아무리 신속히 대응해도 동방국이 이곳에 오는 데에는 하루 이상이 걸릴 것이라 클레이스도 말했었다. 그 때문에 결국 일행들은 자신의 다리로 탈출할 것을 결정하지 않았던가.

아울러 이런 사정은.

"그나저나, 유감이네요."

상대측— 적국도 마찬가지였다.

"저희 하버란트의 군대가 이렇게 빨리 올 리가 없습니다."

"그렇겠지."

"당신들의 원군일 가능성은요?"

"거의 없다고 봐."

에어는 솔직하게 답했다.

지금 허위 정보는 의미를 발휘하지 못하기 때문이었다.

그 정도의 판단은 가능할뿐더러 직감이 알려줬다.

—이제부터 곧 싸우게 될 상대는 데드림이 아니다.

그런 예감이.

“그렇군요. 동방국도 아니라고요.”

요컨대— 알 수가 없다.

대체 무엇인가?

저 집단은.

“일단은 직접 접근해서 알아봐야겠군요. 저 소대가 십중팔구 저희를 찾으러 온 이상 이 장소를 들킬 가능성은 무척 클 테니까요.”

자기 의도만 말한 뒤 데드림은 몸을 일으켰고, 곧이어 에어에게도 바깥에 나가자고 재촉했다.

두 사람이 살피러 가는 것.

그래야 확실함을 잘 알기 때문이었다.

만에 하나, 어느 한쪽의 원군임이 판명되었을 때— 서로 죽이게 될 수도 있었다. 그때 파트너에게 위해가 미치지 않길 바랐기에 두 소녀는 서로 간에 무의식중의 배려를 베풀었다.

4. 붉은 눈동자

“으…….”

욱신욱신하는 아픔 때문에 간신히 선잠만 잤다.

잠들었던 것이 아니라 단지 의식을 놓아버렸었던 레인은 조금씩 눈을 뜨다가.

“에어……?”

곧장 이변을 깨달았다.

장소는 변함없이 동굴.

다만 방금 전까지 곁에 있었던 에어가 불현듯 사라졌다.

‘어디에—.’

아픈 상처를 부여잡고 몸을 일으킨다.

새삼 둘러봐도 낯익은 은발 소녀는 없었다.

또한.

“이제야 일어났군요.”

“큭.”

“경계하지 마세요. 저는 아무것도 안 할 겁니다. 아니, 못 하니까요.”

낭랑한 음성.

힘은 없지만 신기하게도 인상이 깊숙하게 남는 음색의 주인은.

“유감스럽게도 전 엑세리아의 조종이 전문일 뿐, 마법 실력은 데드림을 보조해주기도 버거운 약한 마도사예요. 게다가 방금 전 총도 없어져버렸고 말이죠."

아하하.

홀로 웃고는 말을 붙인다.

옅은 적갈색 머리카락을 가진 서방국의 병사.

데드림의 파트너.

이름은 분명—.

"이스나, 맞습니까?"

"네. 이스나 콜입니다."

데드림과 함께 열차를 강습했던 인물이다.

추락하던 때 다리에 부상을 당했고, 대강 처치를 받긴 했어도 중상임은 변함이 없다.

지금도 통증이 심할 것이다.

그럼에도 저자는 표정을 한 번 찌푸리지 않고.

"계급은 소위, 사관학교에 들어가지 않고 군속으로 10년이 되는 일반 장교입니다."

"10년……."

그렇다면 예상했던 대로 레인보다 한 세대는 위에 있는 병사였다. 묘하게 차분한 분위기가 있는 태도와 이번 강습 작전에서 일익을 담당했던 것까지 감안하면 더욱 위쪽에 있을 가능성도 고려했었다.

하지만 봤던 그대로다.

마도사일지라도 이스나는 아직 통상의 경험을 쌓은 장교에 불과했다.

'이 녀석—.'

이스나는 레인의 시선에 담긴 의문을 알아차렸는지.

"아, 제가 이곳에 온 이유는 그 아이가 억지로 데려왔기 때문이에요. 엑세리아의 조종은 조금 할 줄 압니다만, 달리 장점이 없는 평범 이하의 마도사죠."

'그 아이…….'

친근하게 부르는 호칭.

격의가 없는 말투.

저 말이 가리키는 인물은 흑의의 소녀 데드림일 것이다.

"……그쪽 이야기는 나중에 듣겠습니다. 다시 본론을, 제 옆쪽에 있던 은발의 아이와 당신의 파트너도 없는 건 무슨 이유입니까?"

"아, 둘이서 같이 5분쯤 전에 바깥에 나갔어요."

"바깥?"

동굴의 바깥.

요컨대.

"설산에 나갔습니다. 바깥에서 빛이 보였나 봐요. 일단은 협력 관계니까요. 저는 당신을 봐주기 위해 남기로 했죠."

그러니까 기다립시다, 이스나는 제안했다.

그러나 단지 앉아서 기다리기만 하면 글자 그대로 짐덩이와 다를 바 없다.

"미안합니다만."

레인은 일어선다.

상처는 변함없이 위중했지만.

“저는 두 녀석의 뒤를 쫓아가겠습니다. 빛이 보였다면 어딘가의 군대일지도 모르니까요.”

“그렇습니까.”

이스나는.

“별로 권하고 싶진 않지만, 말릴 수도 없겠죠. 다만.”

작은 목소리로 말했다.

“아마 끔찍한 광경을 보게 될 겁니다.”

눈발은 살짝이나마 약해졌다.

‘어디에—.’

침엽수가 늘어서 있는 지역을 걸어간다.

시야는 제한되어 있지만, 몇 번인가 저쪽 방향에서 발포음이 들려왔다.

이스나는 말했다.

바깥에서 빛을 봤다고.

그리고 에어와 데드림이 함께 상황을 보러 나갔던 이유는 빛의 정체를 알 수 없었다는 뜻일 것이다. 어느 쪽의 원군인지 알 수가 없었기 때문에 곧장 현장에서 싸우진 않았다.

하지만 만약 원군의 소속이 판명됐을 때—.

전투가 벌어졌을까?

순순히 항복이나 할 성격은 아니겠지만, 에어도 데드림도 사고는 몹시 합리적인 경향이 있다. 인파가 몰려 불리하다고 판단되면 헛되이 죽게 될 선택은 결코 하지 않을 것이다.

게다가 제2세대 엑세리아는 아직 시험 단계였다.

전장을 크게 바꾸려면 몇 년은 더 지나야 할 테지.

이번 대전도 종반에 들어서려는 시기인 만큼 목숨을 걸 의미는 없다.

하지만, 그렇다면— 아까 전부터 울려 퍼지고 있는 총성은 무엇인가.

도대체 저 소리는 무엇인가.

누가 누구와 싸우고 있는 것인가—.

생각하면서.

『아마 끔찍한 광경을 보게 될 겁니다.』

동굴을 나올 때 이스나가 건넸던 충고가 다시 떠오른다.

그 말은—.

'무슨 뜻이지—.'

레인은 설산의 삼림 안쪽에서 때때로 울려 퍼지는 소리를 의지하여 걸어갔다.

그렇게 탐색을 시작해서 몇 분이 지나기도 전에 레인은 사람 한 명과 마주칠 수 있었다.

아니, 사람은 아니었다.

그 남자는 팔다리가 없는 시체였기 때문이다.

'설마—.'

눈 바닥의 위쪽.

신체 단면에서 흘러나오는 새빨간 혈액이 이 남자는 살해당하고 몇 분밖에 지나지 않았음을 증명해줬다. 혈액이 떨어져 묻은 지점은 눈이 녹아들고 있다.

게다가 남자는 이 위치에서 살해당했던 것이 아니다.

남자의 팔다리는 몸통과 떨어져서 따로따로 나동그라졌다.

다시 말해서.

'이동했다—?'

눈에 녹아든 혈흔이 이동 경로를 표시해준다. 가장 앞쪽에는 오른팔, 몇 미터 너머에 왼팔, 그리고 남자가 쓰러져 있는 부근에 두 다리가 굴러다니고 있었다.

이런 사실에서 짐작할 수 있는 것은 하나.

분명 남자는 이동했다.

팔다리가 순서대로 잘려 나가면서—.

잃어버리면서.

그럼에도 도망치고자 했다.

필사적으로.

이리저리 도망친 끝에— 살해당했다.

'—큭.'

또한 사실을 깨닫는 동시에 레인의 등에 으슬으슬 오한이 솟았다. 이유는 남자의 처참한 시체에서 이런 광경을 만들어 놓은 인간의 잔인함을 짐작할 수 있었기 때문이었다.

레인도 군인인 이상 사람을 쏘아 죽여야 할 상황이 있다. 다만 그때는 말할 필요도 없이 머리나 가슴을 노린다. 급소를 쏴야 가장 효과적이며 상대에게 필요 이상의 고통을 강제하지 않기 때문이다.

그러나— 다르다.

이 살육자는 다르다.

너무나도.

'설, 마—.'

레인을 비롯한 군인의 논리와는.

'이 살육을, 벌인 녀석은—.'

—놀았다.

갖고 놀았다.

머리 및 몸통이 아닌, 절단되어도 당장 죽지는 않는 사지부터 순서대로 날려버렸다.

이토록 절단면이 깔끔하다.

베어 죽이고자 마음먹었다면 목 따위를 일순간에 쳐서 날릴 수 있었을 테지.

그러나 의도적으로 급소에서 먼 사지부터 순서대로 베어 냈고, 아울러 죽기 살기로 도망 다니는 남자의 뒤를 쫓아서 천천히 토막 내다가 깊은 절망을 심어 놓은 다음에— 살해했다.

둘러보니.

시체 주위에는 혈흔이 격렬하게 흩어져 있었다.

이 남자는 사지를 베인 이후에도— 발버둥 쳤다.

살기 위하여.

'어째서, 이렇게까지—.'

레인은 들끓는 욕지기를 꾹 참으면서 삼림의 안쪽으로 나아갔다. 눈이 쌓여서 잘 알아보기는 힘들어도 『많은 인원이 다닌 발자국』을 발견했기 때문이었다.

이 시체 남자의 정체는 무엇인가?

알아내지는 못했다.

복장은 특이하지 않은 군복이었기에 어디 소속인지 전혀 알아볼 수가 없다.

그럼에도—.

한 명이 아니었다.

최소한 스무 명을 넘기는 인원이 이 앞쪽으로 향하고 있다.

그러나.

'또—.'

조금 안쪽에 나아가다 두 번째 시체를 발견했다.

다리는 남아 있어도 양팔과 안구가 잘려 날아간 상태였다.

세 번째를 발견했다.

머리가 절반으로 깨진 데다가 온몸을 몇십 번이고 베인 흔적이 보였다.

그렇게 온갖 다양한 방법으로 베인 시체들을 레인은 불과 200미터를 나아가는 동안에 서른이나 찾아낼 수 있었다.

'이 시체—.'

—서른 명.

그토록 많은 시체가 첫 번째 시체의 피도 채 마르기 전에 쌓여 올라갔다.

숲속에 흩어져 있는 대량의 시체.

그중 누구에게도 즉사가 아닌 『죽음』 자체를 조롱당한 흔적이 있었다. 마치 천진한 아이가 날벌레의 날개를 뜯거나 개미의 다리를 떼는 것처럼 순수함에서 비롯된 모독적인 행위와 몹시 닮았다.

그리고.

"—레인, 이었죠?"

레인이 걸어 도착한 곳.

"움직여도 괜찮은 건가요?"

온화하게 안부를 묻는 말.

얼마 전 동굴에서 대화를 나눴을 때처럼 차분한 말투.

즉 얼마 전 보았던 모습과 너무나 똑같았고—.

변함이 없다—.

마치 우연히 만났다는 듯이 가볍게 말을 건네는 흑의의 소녀.

하지만 그 온몸은 칼을 휘둘러 튀어 올랐을 피에 진홍으로 물들어 있다. 손에 든 군도는 붉게 젖었고, 시선을 빼앗길 만큼 아름다운 얼굴에는 대량의 피딱지가 찰싹 달라붙어 있었다.

게다가, 무엇보다도.

"일단은 도망칠까요, 레인. 적은 이게 전부는 아니에요."

서른 명을 참살한 흑의의 소녀.

"끝내 무전기로 연락을 보내더군요. 곧 적의 증원이 올 겁니다."

—데드림.

소녀는 얼굴에 튄 혈액을 손으로 닦고, 곧이어 자신의 전과라고 자랑하는 모습으로.

"—아핫."

짧게 웃었다.

피투성이가 되어.

살해한 서른 명을 돌아보지도 않고.

웃음 지으며 허공을 바라보는 그 눈동자는 얼마 전의 옅은 흑색이 아닌 『봉축(蜂縮)』되어—.

—검붉은 안구로 바뀌어 있었다.

검붉은 눈동자—.

"망령—."

레인이 무의식중에 내뱉은 말에.

"……망령?"

데드림은 고개를 갸웃거렸다. 마치 처음으로 듣는 말이라는 반응이었기에.

'자각이, 없단 말인가……?'

이제까지 『망령』이라는 존재와 레인은 몇 명인가 마주쳤었다. 그들은 예외 없이 자신이 망령이라는 존재임을 인식하는 입장이었는데, 데드림은 아무래도 상태가 다른 듯싶었다.

하지만— 저 두 눈은 소녀가 망령이라는 사실을 증명해준다.

흑의의 소녀 데드림.

눈동자가 『검붉게』 변모되었다.

중심부의 동공은 새빨개졌고, 결막의 백색은 온통 칠흑으로 덮였다.

—봉축.

마도를 발동할 때 안구가 검붉게 변색하는 『망령』 특유의 현상.

그리고 소녀가 변함없는 붉은 눈동자로.

"레인. 망령이라는 말은 날 보고서 하는 말이었을까요?"

"……맞아."

"망령— 한 차례 죽었던 인간을 뜻하는 말, 그렇게 생각하면."

아, 납득했다는 듯이 고개를 끄덕거린 뒤 소녀는 자신의 눈을 손으로 만졌다.

눈동자는 이미 본래 타고났던 색깔로 돌아왔다.

그러나, 방금 전까지는— 달랐다.

"자신이 대체 무엇인지도 알지 못한 채 지난 몇 개월을 살아왔었는데요. 역시나 저는 그때 분명히 죽은 게 맞았군요. 기묘하다는 생각은 하고 있었어요."

그 의미는.

"어째서 제가 두 번째의 삶을 받았는지."

망령.

—망령 『데드림』.

'이 녀석—.'

레인은 말을 더 건네려고 했다. 그러나 막 걸음을 떼려는 순간, 가슴께의 무전기에서 날카로운 소리가 들리는 터라 통신을 먼저 받았다. 스위치를 누른 동시에.

『잠깐, 레인.』

에어의 목소리.

『어디에 있는 거야.』

"데드림과 이야기 중이었어."

『그럼 그 녀석한테도 전해줘. 적은 거기에 굴러다니고 있는 녀석들이 다가 아니야. 포위망을 깔아 놓았어. 돌파하려면 엑세리아의 기동력을 의지할 수밖에 없고. 당장 돌아와.』

—적.

미처 정체를 파악하지 못한 채 레인은 데드림과 함께 동굴로 돌아왔다.

도착했을 때는 에어와 이스나가 이미 엑세리아에 탑승해서 기동 준비를 마쳐 놓았기에 레인과 데드림이 올라타는 동시에 기체는 이동을 개시했다.

"당장 이탈하겠어."

엑세리아가 윙윙 소리와 함께 발진한다. 기체를 받쳐주는 강인한 네 다리가 깊숙이 쌓인 눈을 반강제로 밟아 디뎌서 튀어 나아간다. 그것은 도망치기 위한 행위였다.

미리 예정했었던 진로와도 다르다.

최단 거리로 산중을 벗어나서 탈출하는 경로가 아닌 삼림의 안쪽을 누비고 나아가는 복잡한 진로가 되어버렸다. 가능한 한 바깥에서 관찰하지 못할 길을 골라서 에어는 빠른 속도로 나아간다.

그러나 도주를 시작한 지 1분도 지나지 않은 때였다.

후방에서 무시무시한 충격파가 발생했다.

"끄, 아!"

고개 돌리면 막 지나쳤던 지면에 큰 구멍이 뚫려 있었다.

그리고 막 공격을 날렸을 기체는 세 기.

일행을 바짝 추격하고 있었다.

'큭—.'

어째서—.

어째서 느닷없이 공격을 가했는가.

아니, 애당초.

—어디에 속한 군대인가, 저 녀석들은.

생각하던 때.

"저 녀석들, 동방도 서방의 병사도 아니었어."

에어가 말했다.

기체를 조종하면서도 애써 레인과 정보 공유를 진행한다.

잠들어 있는 레인을 놓아두고 데드림과 함께 행동했을 때의 이야기였다.

—10분 전.

빛을 본 소녀 둘은 정체를 알아내기 위해 정찰에 나섰다.

그곳에는 서른 명으로 구성된 소대가 있었다.

전력 차 때문에 도망치려던 중 적의 척후에게 발각되어서 전투가 벌어졌다고 한다.

그리고 데드림이 끝내 전원을 살해했지만, 외부에 취한 연락을 막지 못했기에 증원을 온 부대가 이렇듯 일행을 추격하고 있는 것이 현 상황이다.

다만.

"데드림이 죽인 병사를 감식은 했어. 그런데 아무것도 알 수 없었고."

에어는 정보 수집을 우선했다.

데드림이 마구 살육을 거듭하는 동안 바닥에 남은 시체를 분석했었다.

"어디 소속인지 알아볼 만한 장비나 물품은 전혀 남아 있지 않았어. 서른 명이나 되는 인간이 소속을 숨겼다는 건 조직적인 행동이 아니면 불가능하지."

게다가, 말을 잇는다.

"원군 달려오는 속도가 너무나 빨라."

으득, 이를 악무는 에어.

"꽤 기묘한 사태가 됐네. 가장 빠르게 달려온 건 동방도 서방도 아닌 제삼의 전혀 다른 병력들— 게다가 정찰 수준이 아니야. 완전히 전투를 대비하고 있는 높은 수준의 무장 부대가 느닷없이 나타난다는 건 도저히 납득이 안 돼."

그렇다.

—납득이 되지 않는다.

이상하지 않은가.

애당초 이번에 설산으로 조난을 당한 것은 어디까지나 우발적 재난.

그곳에서 우연히 불법 입국을 한 다른 나라의 집단과 마주쳤던 것이 전부라면 가능성은 제로야 아니겠지만, 그 서른 명 전원이 신원 파악을 막기 위하여 완벽하게 장비를 갖춰서 왔다.

즉 병력들이 적국과 접촉할 수 있는 상황에 미리 대비했음을 의미한다.

또한 데드림의 말투 및 태도를 감안하면 서방국 소속 병사일 가능성도 없다.

그러나 저자들은 완벽한 장비로 나타났다.

'…….'

레인은 생각했다.

이번 사태를— 일련의 흐름을.

무언인가.

'무언인가, 이상하잖아.'

제2세대 엑세리아.

그것의 운반 임무 중 강습했던『데드림』.

또한 동방도 서방도 아닌 세력.

이러한 사태가 단지 난잡하게 일어난 것이 아니라— 모두 계획된 결과라면.

어떤 하나의 의사 아래에서.

일어난 전개라고 가정한다면—.

'……음.'

오싹, 레인은 몸을 떨었다.

그것은 아직 보지 못했던 대상— 어떤 강대한 대상을 앞둔 본능적인 떨림이었다.

하지만.

'—아니야, 지금은.'

레인은 머리를 흔들어 공포를 떨쳐냈다.

지금은 눈앞의 적에 대처해야만 한다.

레인은 고개 돌려서 품에 들고 있었던 장총으로 탄환 마법을 날렸다. 상처에서 강렬하게 통증이 솟구쳤지만, 위협사격조차도 안 하면 무방비한 표적이 된다. 이쪽의 목적은 적을 뿌리치고 도주하는 것이다.

여전히 적의 엑세리아 세 기가 따라온다.

순수한 조종 능력이라면 에어가 압도적으로 우위에 있다.

적이 한 기뿐이었다면 진작에 따돌렸을 것이다.

그러나 적기 세 기에서 날아오는 공격을 피해야 하는 처지인지라, 탄환 마법이 발사되어 회피할 때마다 속도가 떨어졌다. 가랑비에 젖는 옷처럼 천천히 거리가 좁혀지고 있다.

'제길—.'

어떻게 하면—.

어떻게 하면 되는가.

엑세리아의 전투는 숫자가 절대적인 우열을 결정한다.

뛰어난 기술을 보유한 에어도 과한 물리적 격차는 뒤집을 수 없다. 레인은 타개책을 찾아내기 위해 주위를 둘러봤지만, 눈이 쌓인 삼림에서 무엇인가 이용할 만한 요소는 물론 없었다.

이윽고 일행은 삼림은 빠져나왔다.

빠져나온 곳은 시야가 탁 트인 널찍한 설원이었다.

나무 한 그루도 없는 공간.

'이곳은…….'

레인은『이 장소가 무엇인지』알아볼 수 없었지만.

"얼어붙은 호수네."

전방에 앉은 에어가 정답을 중얼거렸다. 지금 어디를 달리고 있는지를.

"수면이 얼어붙어 호수가 빙판이 된 거야. 두꺼워서 엑세리아가 달려도 멀쩡하지만."

"그럼—."

레인은 제안한다. 얼음 위를 달리면서.

"탄환 마법으로 이 얼음을 파괴할 순 없나?"

"응?"

"얼음을 깨서 적을 빠뜨리는 거야."

레인의 제안은.

"적기는 세 기 모두 얼음판을 따라 달려오고 있잖아. 발밑의 암반까지 파괴할 수 있다면 한꺼번에 물속으로 빠뜨릴 수 있지 않겠어?"

단순한 방법이지만 육전 병기로 특화된 엑세리아는 물속에 빠지는 시점에서 곧장 잡동사니 신세다. 불리한 상황을 뒤집을 수 있는 아이디어라고 생각했지만.

"무리야."

상황을 정확하게 파악하고 있는 에어는 고개를 흔들었다.

"쓱 봐도 이 얼음의 두께는 2미터 이상은 돼. 얼음이 너무 두꺼워서 탄환 마법의 충격이 전해지지 않을 테니까 기습 한 발로는 깨뜨릴 수 없어."

—뭐, 일단 시험해도 상관없지만.

그 말에 레인은 장총을 겨냥해서 호수의 면에 고출력 탄환 마법을 발사했다.

다만 에어의 말이 맞았다. 착탄한 부분의 얼음을 깰 수는 있었지만, 결국 다른 얼음면으로 연쇄되진 않았다. 견고한 얼음은 깨지지 않았고, 적기 세 기는 아랑곳 않고 쫓아온다.

상황은 아무것도 달라지지 않았다. —그렇게 생각했을 때.

"에어."

—목소리가.

"이대로 호수를 빠져나가요."

이제껏 말이 없었던 소녀의 제안.

"이대로, 가면— 호수를 지나 빠져나가도 금방 적기에 포박당할 거야."

"따지지 말고요."

데드림의 강권이었다.

"에어. 당신이 할 일은 수십 초를 더 버텨서 도망치는 것. 뒷일은—."

—제가 어떻게든 처리하죠.

—저의 『탄환 마법』으로.

그렇게 데드림은 말을 이었다.

'데드림의…… 마법?'

그때 레인은 새삼 생각을 다시 했다. 즉 데드림은 『망령』이라는 이형의 존재이며, 아울러 망령은 예외 없이— 고유의 탄환 마법을 보유했다는 것.

그것은 신성이라고 불리는 영역.

통상의 탄환 마법과 달리 강력한 효과를 발휘하는 탄환. 에어와 레인이 소지하고 있는 『악마의 탄환』도 신성 중 악마(베리알)족에게서 구축된 탄환이다.

즉 데드림도 망령인 이상 에어와 동격 이상의 힘을 가지고 있다.

그리고 데드림은 말했다.

—자신이 이 상황을 뒤집어 보이겠다.

그런 발언을.

"……신뢰는 할 수 없지만, 결국 이대로 호수를 빠져나갈 수밖에 없네."

"네. 그렇게 해주면 돼요."

"뭘 하려고? 도울 부분이 있다면……."

"그럼 권총을 하나 빌려주세요. 작은 녀석이어도 상관없어요."

"……."

에어는 휙 던져서 건네줬다.

“다른 것은?”

“다른 것? —아핫, 괜찮아요. 너무 긴장할 필요 없어요.”

말한 뒤 데드림은 입가를 끌어 올리며.

“한순간에 끝날 테니까요.”

그렇게 대답했다.

—마침내.

레인과 일행들이 탑승한 엑세리아는 결빙된 호수 지대를 빠져나왔고, 곧이어 몇 초가 지났을 때는 추격하는 세 기가 육지에 올라왔다. 이제 발판을 무너뜨릴 순 없게 되었다.

곧바로 적은 이곳에서 결판을 낼 작정이었을까.

단박에 출력을 올려 이쪽으로 접근했다.

데드림은 마치 적에게 대응하려는 듯이 권총을 겨눴다.

이제껏 군도 하나만 썼던 소녀가 총을 손에 든 처음 순간이었다.

그리고.

‘무엇을—.’

레인은 주시한다.

데드림— 저 총구에서 곧 발사될 오직 소녀만 사용 가능한 탄환 마법의 정체를.

이제껏 레인의 눈앞에서 소녀는 불가해한 공격을 거듭 반복해왔다.

다만 아직까지도 정체에 대해 가설조차 세울 수 없었다.

그만큼 평범하게는 절대 일어날 수 없는 현상이 소녀의 마법에 의해 발현되었다.

—열차를 습격했을 때도.

—레인을 찔렀을 때도.

—서른 명을 학살했을 때도.

무엇이 일어났는지— 레인은 이해할 수 없었다.

그래서 더더욱.

'데드림—!'

레인이 기필코 확인하기 위하여 눈에 힘주는 동시에, 소녀는 탄환을 하나 손에 들더니 총에 장전했다.

그것은—『창색(蒼色)』.

'—창색?'

본 적이 없는 특수한 색채의 탄환.

그리고.

"발동합니다."

—발사했다.

이 세상에 있는 어떤 탄피와도 배색이 다른『창색의 탄환』을.

데드림은 적이 위치하는 후방에 사격했다.

그러나 탄환은 적기 중 무엇에도 명중하지 않았다. 사이를 누비고 빠져나간 끝에, 막 발사되었던 푸른 탄환은 허공만을 갈라 달려가다가 이윽고 방금 전 지나왔던 호수의 표면에 착탄했다.

딱, 작은 착탄음.

폭발 따위도 없다.

단단하게 얼어붙은 호수 표면을 파괴하지도 못한 채 그저 조용하게 창색의 탄환이 얼음에 명중했다.

'빗나갔나—?'

탄환은 발사되었다가— 얼음에 맞았을 뿐.

그렇게 생각한 순간이었다.

적기 세 기가 폭음과 함께 뭉개졌다.

'아!! 아니, 앗!'

강렬한 진동.

온몸이 충격에 흔들렸다.

쿠웅! 눈앞을 광경을 몇 초간 제대로 쳐다보지도 못할 만큼 강렬한 충격파가 퍼져 나온다.

죽음을 직감하게 될 만큼 격렬한 진동이었기에 충격을 받은 순간뿐이었지만, 레인은 적이 발사한 탄환 마법에 적중당한 것이 아닌가 착각했다.

그렇지만— 아니다.

아니었다.

레인 일행에게 퍼져 나왔던 것은 단순한 『여파』였다.

그리고 알게 되었다.

'설마—.'

그곳에 있는 것은— 얼음.

얼음이었다.

두께는 대략 2미터쯤 되는 얼음이 시야를 가득 채워서 존재하고 있었다. 물론 위치는 레인 일행이 엑세리아로 막 통과했었던 경로다.

몇 초 전까지— 아무것도 없었다.

평범한 삼림이었다.

하지만 지금은 광대한 얼음 덩어리가 떡하니 자리 잡고 있다.

또한 그 거대한 얼음 아래에 깔린 채 적기 세 기가 원형도 알아보지 못할 만큼 박살이 났다.

어림잡아서 총량 수만 톤의 얼음 덩어리 밑에 깔린다면 제아무리 강인한 합금으로 제작된 엑세리아도 종잇장과 다를 바 없었을 테지.

레인은.

'무엇이—.'

무엇이 일어났는지 곧장 이해할 수는 없었다.

다만 시야의 저편으로 포착한 광경을 인식하는 동시에 오싹 소름이 끼치며 파악했다.

호수의 얼음이— 사라졌다.

'으음—.'

1헥타르는 될 법한 빙판이 모조리 소실되어서 물결치는 수면이 내다보이고 있다.

얼음 덩어리는 싹 사라졌다.

수만 톤의 질량은 일순간에 사라졌다.

그렇다면 얼음들은 어디에 갔는가— 대답은 눈앞에 있다.

"제가 가지고 있는 것은 창색의 탄환."

파괴의 발톱 자국을 바라보면서 데드림은 입을 열었다.

자기 눈동자를— 검붉은 망령의 색채로 바꾼 채.

"쏜 대상의 『위치』를 바꿀 수 있는 탄환입니다."

5. 망령『데드림』

—그 이후.

한 시간쯤 줄곧 달렸을 즈음, 거의 완전히 해가 떨어지고 말았다.

어둠 속에서 눈이 내리는 와중에 엑세리아를 달리는 것은 자살행위인 동시에, 앞길을 비춰주는 빛은 멀리서도 쉽게 발견할 수 있는지라 어딘가에서 다시 몸을 숨겨야 하는 처지가 됐다.

분명 추격자는 격퇴했다.

—데드림의 능력에 의해.

그러나 얼마 전 세 기는 어디까지나 일부였다.

레인 일행을 쫓아 나머지 부대가 분명히 이동 중일 것이다.

'이 이상은—.'

싸울 수 없다.

에어 및 데드림을 포함하여 거듭된 전투 때문에 전원이 극히 피로한 상황이었다.

"어딘가에서 휴식을 취하도록 하자."

에어가 먼저 제안했다.

그렇게 북쪽으로 쭉 달렸던 끝에 일행은 작은 채벌장에 다다랐다.

본래는 나무를 자를 수 있는 여름철에만 사람이 찾는 장소일 테지. 산속 깊숙한 곳에 있는 조그만 채벌장이었지만, 그곳에는 산업 시설로 창고 대신에 오두막을 군데군데 지어 놓았다.

결코 넓지는 않다.

그럼에도 불을 피우면 동사하지 않을 정도의 기온은 유지할 수 있을 것이다.

네 사람은 오두막들 가운데 한 곳에서 밤을 보내기로 했다.

체력 및 엑세리아의 연료를 소비하지 않을 수 있다면 더할 나위가 없었기 때문이다.

오두막에 들어간 뒤 불을 피우고, 네 사람은 휴식을 취했다.

다시 움직일 시기는 해가 떠오른 이후.

현재 시각에서 열두 시간 이상은 이곳에 머물러야 할 테지만, 반대로 말하자면 이곳에서 보내는 열두 시간 동안에 충분한 준비를 갖출 수 있는가 여부에 따라 추후의 생사가 판가름 난다.

요컨대.

"데드림."

정보를 모아 놓아야만 한다.

"음?"

"너, 아까 전 탄환은……."

"아마도 망령이라는 것 같더군요, 제가."

조금이라도 전력을 파악하기 위하여 말 붙이는 에어에게 망설임 없이 데드림이 대답했다.

끓인 온수를 입에 가져가면서, 담담하게.

"그런데 저도 방금 전 그쪽 소년한테 들었던 말이라서요."

데드림은 자조하듯 웃었다.

"그나저나, 당신도 저와 똑같은 것 같군요. 아까 술식을 발동했을 때 저와 똑같이 검붉은 눈동자로 바뀌었던 것을 봤거든요. 이 눈동자는."

쓱, 데드림이 머리를 속였다가 곧 다시 들었을 때는.

"망령만의 특징인 거죠?"

눈동자가 이형을 연상케 하는— 봉축된 안구로 바뀌었다.

그리고 자기 눈동자에 손을 가져가면서.

"분명 제게는 한 차례 죽었던 기억이 있어요. 작은 전투였는데요. 잠깐 방심했었죠. 적에게 저격당해서 처음에는 가슴, 다음은 목이 탄환에 찢겨 나갔던 걸 기억해요. 지금 생각하면 즉사였는데 말이죠. 의외로 의식은 남아 있었나 봐요."

아하하, 데드림은 웃었다.

그러나 아무도 따라 반응하지 않는다.

두 나라의 인물들은 떨어져서 앉았다.

동방의 레인과 에어.

서방의 데드림과 이스나.

그러나 각각 한 사람씩은 이미 이 세상에 머물러서는 안 되는— 망령.

"다시 눈을 뜬 곳은 이름도 모를 도시였어요."

데드림은.

"아무것도 모른 채, 가지지 못한 채 스스로 할 일을 찾아서 살고자 한 결과, 돌아온 곳은 결국 전장이었지만요. 뭐, 그것은 당신도 비슷했던 것 같네요. —에어."

"……."

"다른 사람에게 질문해 놓고 본인은 묵묵부답인가요……. 흠, 그러면."

소녀는.

"잠깐 둘이서 얘기 좀 할까요? 에어."

"뭐?"

"몸도 조금은 휴식이 됐을 테고요."

말하면서 흑의의 소녀는 일어섰다.

"망령이라는 조금 특수한 존재끼리 나누고 싶은 얘기가 있거든요."

꼭이요, 말을 잇더니 데드림은 곧장 오두막의 바깥으로 나갔다. 말릴 틈도 없이 나가는지라 에어는 제안을 받아들여야 하나 망설였지만, 옆에서 보던 레인이 입을 열었다.

"에어. 가서 들어봐."

"그래도……."

"나는 괜찮아. 지금은 적에게서 얻을 수 있는 정보를 우선해야 할 때야."

"……바로 근처에 있을 거야. 무슨 일 있으면 불러."

말을 남긴 뒤 에어는 총기를 등에 메고 데드림의 뒤를 따라갔다.

오두막에서 나온 직후에.

'준비, 해야지.'

에어는 꺼내서 약실에 장전한다.

그것은 어떤 탄환과도 다른— 『은색의 탄환』.

'빈틈이 보일 때, 이것으로—.'

쏜다.

쏘아 죽인다.

데드림— 흑의의 망령을.

악마의 탄환이 보유하고 있는 능력은 『소멸』이다.

격중된 인간은 자신의 공적 및 흔적까지 전부가 소거된다.

데드림을 이 탄환으로 처단하면 사태는 분명하게 호전되리라.

요컨대 열차 강습을 회피할 수 있다는 의미— 당초부터 이 목적을 잊어버렸던 순간은 없다. 이제까지 한 번도 데드림에게 빈틈이 없었던 탓에 쏘지 못했다.

그러나 상황이 변화하면 방심할지도 모른다.

생각하면서 에어는 바깥으로 나온 데드림의 뒤를 따라갔다.

그리고.

"춥네요."

"바깥인데 당연하잖아."

첫 번째 발언은 흑빛 망령에게서.

에어는 데드림과 마주 섰다. 걸음을 멈춘 장소는 오두막에서 드리워진 음지였기에 바람이 곧장 불어닥치지는 않을지언정 가만히 서 있기만 해도 얼어붙다시피 몸이 차가워졌다.

"뭐, 일단 앉아요."

"……."

목재를 쌓아 둔 곳에 앉으라며 재촉한다. 경계의 의미도 담아서 살짝 거리를 두고 앉았다. 그럼에도 얼굴은 충분히 잘 보일 만큼 달빛은 밝았다.

눈구름의 틈에서 비치는 빛이 설면에 반사되어 더욱 반짝거린다.

그리고 에어가 거리를 벌려 앉으려던 때.

"그나저나, 흠."

데드림도 걸터앉으면서.

"망령이어도 몸은 정말로 다를 게 없네요. 평범하게 춥잖아요."

"그러게."

"생전에는 냉한 체질이었는데요, 그것도 전혀 낫질 않았고요."

"알 바 아니야."

"어떻게 된 걸까요, 저희의 몸은."

"어떻게……?"

"제 시체가 멀쩡하게 남아 있었을 리 없잖아요."

데드림은 이번 대전에서 처음 망령이 된 존재다.

100년 전부터 계속된 동서 간의 전쟁에서, 특히 격화되는 「대전」 때마다 육체를 얻어 사자가 현현하는 것이 『망령』이라는 존재이며, 에어 본인도 100년 전 죽은 이후에 도합 네 번을 망령이 되어 출현했다. 그러한 경험 덕분에 망령이라는 존재에 관해 상당히 해박하다.

그래서 더더욱 조금이나마 망설였다.

—망령의 몸은, 무엇으로 만들어졌는가.

그 물음에, 데드림에게 위로의 말 따위 필요하지 않을 것이다.

"재료는 다른 누군가의 육체야."

"다른 누군가?"

"망령은 다른 사람의 몸을 빼앗지 않으면 존재할 수 없어. 너 대신에 누군가가 죽었을 거야."

"……기분은 좋지 않네요."

살짝 의아해하는 표정을 짓고, 그러나 필요 이상으로 위축되지는 않고.

"누가 쓴 마술일까요?"

"전혀 모르겠어, 애당초 망령을 만들어 내는 특정의 개인이 있는지도 불분명하네. 다만 만약에 내가 살아 있었던 100년 전부터 존재했다면 상당히 늙은 노인네일 거야."

"그렇군요."

"……."

농담에도 고지식하게 대답한 뒤.

"당신 말고도 망령이 있는 건가요?"

데드림은 에어에게 계속 질문했다. 게다가 망령이라는 존재가 대체 무엇인지 확인하기 위해서 조금이라도 신경 쓰이는 사정을 파악하려 드는. 욕심이 묻어나는 방식의 물음이었다.

한편 잇따라 질문을 받게 된 에어도.

'뭐— 조금만, 알려주자.'

딱히 대답을 거부하지 않았다.

에어 자신이 처음 망령이 됐을 때 아무도 가르쳐주는 사람이 전혀 없었던지라 지금 데드림의 심정을 조금이나마 이해할 수 있기 때문이었다.

자신은 무엇인가.

어째서 되살아났는가.

마음에 걸리는 것이 산처럼 많았을 테지.

에어는 마음속 불안과 싸우면서도 살기 위해서 아득바득 조금씩 정보를 모았었고, 다른 망령들과 싸워온 지난 100년 동안에 『망령』이라는 존재를 파악할 수 있었다.

알고 싶은 것이 있다면 조금 가르쳐줘도 별다른 문제는 안 된다.

"망령은 더 있어. 내가 만났던 적 있는 녀석은 일부지만."

"따로 특징이 있을까요?"

"큰 특징은 마술을 발동할 때 안구가 변색한다는 점이겠네. 나도 너도, 다른 망령도 전부 눈 색깔이 달라져. 지금껏 예외는 한 명도 본 적이 없어. 그리고 망령은 각각 특수한 탄환을 가지고 있고, 고유 마법을 사용할 수 있어. 나는 이 은색의 탄환이야."

설명하면서 에어는 은빛의 탄환을 보여줬다.

물론 내재된 능력은 알려주지 않지만, 겉모양뿐이라면 보여줘도 상관없을 것이다.

이어서.

"그랬군요. 저의 『이것』도 마찬가지였어요."

가슴께에 손을 집어넣은 뒤 데드림은 하나의 장신구를 꺼내 들었다.

—아니.

단순한 장신구가 아니다.

그 물건은.

'창색, 이네.'

어두운— 『창색』.

검은 물감이 섞인 것처럼 짙은 색채의 창색으로 뒤덮인 탄환을 써서 제작한 장신구를 꺼내 들었다. 그 광택과 색채는 무척 독특하기에 간단히 제조할 수 없는 둔색을 발하고 있다.

틀림없었다.

창색의 탄환을 가진 이 소녀는— 분명 망령이다.

담겨 있는 능력은 『위치』를 바꾸는 것.

—비할 데 없이 강력한 마법이다.

사기적이라고 말할 수 있었다.

얼마 전 호수의 얼음을 통째로 이동시켰던 것도 마찬가지인데, 위치를 자유롭게 바꿀 수 있는 능력은 곧 이 소녀의 앞에서는 어떠한 진형이나 전술도 모두 무효화됨을 의미한다.

통상의 전력이 전혀 통용되지 않는다.

게다가 사용 방법에 따라서는 폭넓게 응용까지 가능하다.

짐작하건대 능력의 발동 조건은 『푸른 탄환에 접촉할 것』이리라.

요컨대 굳이 쏘아서 꿰뚫지 않더라도 탄환 자체에 접촉만 하면 데드림은 물질을 임의의 장소로 전이시킬 수 있다.

가슴께의 장신구도 같은 목적일 테지.

탄환을 가슴에 걸어서 항상 신체에 접촉시킴으로써 자기 육체를 자유롭게 전이시켰던 셈이다.

그런 방법으로 레인의 등을 장악한 뒤 군도로 찔러 꿰뚫었다.

'나도 포함되는 말이지만.'

—역시 어처구니없는 존재다.

망령은.

"그렇군요."

데드림은 꺼내 든 푸른 탄환을 달빛에 비춰 바라보다가.

"생전에는 없던 힘이라 쭉 마음에 걸렸거든요. 안심했습니다."

"……넌 정말 아무것도 모르는구나."

에어 본인도 망령이 된 이후 어느 정도의 정보를 얻을 때까지 시간이 꽤 걸린 편이었지만, 그럼에도 분명 이렇게까지 태평하진 못했었다. 힘껏 정보를 수집하기 위해 노력했던 자신과 달리, 데드림에게는 절실함이 없다.

"망령은 살기 위해서 조금 더 진지하게 구는 녀석이 많던데 너는 참 다르구나."

"제게는 이스나가 있었으니까요. 딱히 혼자서 전부 짊어져야 할 처지도 아니었고요. 게다가 아무것도 하지 않아도 『카이세이』라는 남자가 전장을 마련해줬거든요."

"카이세이?"

"서방국의 육군 대위예요. 제 능력을 높이 평가해주는 사람이라 제가 원하면 원하는 만큼 전장을 마련해줘요. 혼자 죽기 살기로 정보를 모으지 않아도 괜찮았어요."

"……흐응."

"뭐, 전쟁 이외의 부분이면 카이세이는 아무것도 가르쳐주지 않았지만요. 단지 저에게 전장을 준비해주고, 싸우게 해줄 뿐이죠. 저는 이스나와 함께 나날이 싸워왔어요."

운 좋은 환경에서 살 수 있었나 보다. 이스나처럼 생전의 본인을 아는 인간이 있고, 군인으로 살아가기 위한 사소한 부분도 카이세이라는 남자가 관리해줬다.

데드림은— 전투 속에서 살아간다는 목적만을 생각하면 되었다.

"딱히 부럽지는 않은데 운이 좋았구나."

"당신은 사정이 달랐나요?"

"꼭 나뿐 아니라 평범한 인간과 다른 시간을 살아가는 망령은 전부 마찬가지야. 혼자 고민하고, 혼자 싸워서 살아갈 뿐. 그래서 『서약』 마술도 주어졌잖아."

"서약요?"

낯선 말이라는 듯이 반응하는 데드림.

연기는 아니었다. 정말 몰라서 되묻는 말일 것이다.

'……'

—레인에게도 알려주지 않은 내용이지만.

에어는 상의에서 탄환을 하나 꺼내 들었다. 그 탄환은 통상적인 형태와 다를 바 없었다만, 표면에는 「AIR AIRLAND NOAR」라고 에어의 이름이 각인되어 있다.

"망령이 가지고 있는 또 하나의 특수한 탄환을 말하는 거야. 탄환에 자기 이름을 새겨서 장전한 뒤 사격하면 상대와 절대적인 주종 관계를 맺을 수 있어. 명령을 거역하지 못해."

"흐음?"

강한 반응을 보여주는 데드림.

명령을 거역하지 못한다는 점에 흥미를 가졌을 테지.

"재미있네요. 저도 이스나나 당신을 쏴볼까요?"

"관두는 게 좋아. 이스나라는 녀석은 어쨌든 간에 『서약』할 때는 마술의 일부를 공유할 필요가 있어. 나를 노려서 쏘면 네 탄환 마법을 빼앗을 거야."

"……사양하겠어요."

분명 『서약』 마술은 강력하다. 그 힘을 이용하여 전장에서 함께 싸워줄 노예를 만든 망령도 많다. 하지만 결코 만능은 아닐뿐더러 위험도 많은 까닭에 남용은 삼가야 한다.

이 탄환은 망령이라는 존재가 본능적으로 발현할 수 있는 탄환이다.

아무 정보도 없이 망령이 되어 세상에 등장했었지만, 에어는 악마의 탄환과 이것, 서약의— 예속의 탄환을 구축하는 방법만큼은 저절로 이해할 수 있었다. 다만 데드림은 여태껏 알지 못했다.

그만큼 주위의 인적 환경이 좋았다는 뜻이다.

"알겠습니다. 서약 마술을 사용하는 건 자제하죠. 다행히도 제 주변에는 말을 잘 들어주는 남자만 있어서요, 강제 명령은 필요 없거든요."

"그래."

이스나 및 얼굴도 알지 못하는 카이세이라는 남자는 제법 고생을 하는 처지이리라.

에어는 자기 이름이 각인된 탄환을 옷 속에 다시 넣었다.

"아무튼, 이번에는 망령의 기억에 대해 물어보고 싶은데요."

"……마음대로 해."

—적어도.

이 자리에서 데드림을 처단하기는 무리일 테지.

에어는 체념하고 대화를 이어 나가기로 했다.

그 이후로도 데드림과 문답을 쭉 주고받았다. 이제껏 품고 있었던 의문에 대답해주는 존재인 만큼 당연한 행위이기도 했다. 에어는 정보를 제한하며 대답해줬다.

그렇게 중요한 항목을 대강 다 물어봤을 때 데드림은 얼굴을 숙이더니.

"그러면 같은 망령으로서 부탁이 있습니다."

—부탁.

그 내용은.

"이스나를 구해주세요."

"……무슨 말이야."
"아슬아슬하게 상태를 지켜봤었지만, 더는 시간이 없어요."
냉철하고 평탄한 말투.
그러나 말의 내용은 이제껏 봤던 소녀와 달리 커다랗게 괴리되어 있었다.
—구해달라.
"당신들에게는 숨긴 사실인데요, 이스나는 다리뿐 아니라 등에 깊숙한 총상이 하나 있어요. 온 힘을 다해봐도 피가 멎질 않네요. 한나절만 지나면 손쓸 방법이 없을 거예요."
데드림의 요청은.
자신의 파트너인 이스나를 구해달라는 말이었다.
다만, 그것은 곧.
"저는 제2세대 엑세리아 회수를 단념하겠습니다."
군인의 책임을 저버리겠다는 의미와 같다.
물론.
'무슨 말이야—.'
에어는 곧이곧대로 받아들일 수 없었다.
속셈이 있지는 않나 의문부터 든다.
개인적인 목적을 위해 임무를 내던지는 것—.
군인이라면 절대로 하지 말아야 할 행동이다. 죽을 우려가 있다는 이유를 들어 전투 행위를 거부하는 것 자체가 중죄인지라, 적전 도망이나 임무 방기로 총살형이 적용될 수 있다.

그러나, 흑의의 소녀는.

"저희는 이 시점에서 군인이기를 포기하겠습니다."

선택했다.

임무를 저버리는 것을.

"이스나를 구하기 위해, 저희는 당신들에게 전면적인 협력을 약속하겠습니다."

자신이 살기 위해서 임무를 내던지겠다고 말한다.

죽을 바에야 살기 위해서 도망치겠다고—.

그 말은.

"—무슨 말이야."

"네?"

"무슨 말이야? 도대체……."

같은 망령이어도 에어가 들었을 때는.

"너희들, 상부에서 밀명을 받아 여기에 온 거잖아?"

도저히 이해하지 못할 말이었다.

어째서인가, 에어에게 사명 및 임무란 가장 우선해야 할 사안이니까.

분명 소녀의 파트너는 중상을 입은 상태이기는 하다.

그렇지만 이쪽도 마찬가지가 아닌가.

레인도 가슴에 중상을 입은 상태다. 게다가 한 나절은커녕 몇 시간이나 버텨줄지 가늠할 수 없다. 그러나 레인은 본인이 살기 위해서 도망치자는 말은 꺼내지 않는다.

도망치려는 태도도 내비치지 않는다.

죽음의 공포를 품고 있음은 틀림없을 것이다.
그럼에도 레인은 제2세대 엑세리아를 사수하고자 한다.
격통이 덮쳐들어 고통에 찬 표정으로 견디고 있다.
레인은 결과적으로 이런 행동이 더 많은 인간을 구하게 될 것임을 잘 알기 때문이다. 아울러 그런 심정을 이해할 수 있기에 더더욱 에어 역시도 결코 레인을 배려하지 않았다.
치명상을 입었어도.
출혈이 이어져도.
최선이라 판단되는 선택을 완수한다— 그것이 레인의 의견을 존중하는 행동이 된다.
목숨을 걸고 싸우겠다는 소년의 바람을 이루어줄 수 있기 때문이었다.
따라서—.
따라서 말해서는 안 된다.

—도망치자는 말 따위.

'윽—.'
에어는 자신의 사고를 스쳐 간 말을.
'나, 무슨 생각을—.'
머리를 흔들어 힘겹게 몰아냈다.
그러나 데드림은 망설이지 않고 그 말을 입에 담았다.
그 태도에, 에어는— 분노가 들끓었다.

'이 자식—!'

궁지를 무시당한 분노.

일어서는 동시에 가슴께의 권총으로 손을 가져갔다.

얼버무릴 수 없는 공격 동작으로 총구를 겨누려고 한다.

그러나, 데드림도.

"이런."

허리에 찬 군도에다가 손을 올린다.

거리를 가늠하면 2미터쯤— 보통은 권총이 더 빠른 간격이어도.

'으—.'

에어는 움직일 수 없다.

중압감에 밀린다.

지각 가능한 미래는— 자신이 참살당하는 광경이다. 아울러 에어는 낮 중에 발생한 전투에서 데드림이 싸운 광경을 잠깐이나마 자기 눈으로 목격했었다.

'데드림—.'

정말 군도 한 자루로 마도사 서른 명을 압도했다.

적에 쏜 탄환도 엑세리아의 기동력도 아랑곳 않고 전장을 이리저리 날아다니며 절단하고 찔러서 살육을 벌였었다. 그리고 그것은 탄환의 능력에 의지한 전투가 아니었다.

하늘을 날아.

가볍게 뛰어올라서.

도검을 치켜드는 흑의의 소녀.

또한 아마도 당시 발휘했던 역량이 소녀가 지닌 자신감의 근간이자—『망령』으로서 가진 방향성.

"……흠."

경직되고 몇 초.

에어의 반발을 감지했던 데드림은.

"에어."

이름 불렀다.

눈앞의 소녀.

은색의 머리카락과 눈동자에 가득한 힘을 지니고도— 사명에 속박되어 있는 소녀에게.

"……뭐야."

"당신은, 죽은 순간의 기억을 갖고 있나요?"

"……."

에어는 고개를 끄덕였다.

다만 더 이상은 말하지 않았다.

"그랬군요. 저도 기억이 나요. 거의 즉사였습니다만, 마지막으로 눈에 보였던 광경과 귀에 들렸던 소리만큼은 똑똑하게 기억하고 있어요."

군도에 얹은 손은 미동도 없이, 데드림은.

"제가 총에 맞았을 때 옆에 있었던 사람이 이스나였어요."

"이스나라니……."

"네. 오두막 안에 있는 사람은 아저씨지만요, 제가 죽었을 때는 똑같은 나이였거든요."

살짝 야유하는 듯한 말투.

그러나 방금 발언에 포함되어 있는 심정은 곧장 이해할 수 있었다.

그것은— 자신만이 나이를 먹지 않는다는 서글픔이다.

"10년 전— 정말로 작은 전투였어요."

회상하듯 데드림은 말을 이었다.

"냉전 상태라서, 격화된 전장 자체가 드문 시기였는데, 빈켈 방어전에 머릿수만 채워달라는 지시를 받고 참가했었죠. 저는 군대에 적을 둔 마도사로, 그리고 이스나는 훈련병으로."

"……너희들은."

어떤 관계였던 거야?

무의식중에 에어가 질문하려다가.

'……'

직전에 되삼켰다. 지금 물어본들 아무런 의미도 없기 때문이었다.

그러나.

"궁금한가요?"

"……알 바 아니야."

"아핫, 당신도 아가씨였군요."

"아니라니까!"

"왜요. 뭐 어때요. 병사여도 사랑은 자유인걸요."

"아니, 진짜로……."

여기까지 잘랐던 말은 괜찮았지만, 다음 반응은.

"별로, 아무것도. ……별로."

우물우물 말이 흐려지는 에어를 보고 데드림은 살짝 웃었다. 이 은발의 소녀, 성질이 강한 인상을 받는 데다가 실제 성질이 강하지만, 그럼에도 서툰 화제가 있는 듯싶다.

"뭐, 딱히 연인 사이는 아니었어요."

"……그래."

"저는 저 남자를 좋아했지만요."

"……."

너무 가벼운 분위기로 말하는지라 「뭐?」라고 되물을 뻔했지만.

"제게 이스나는 무엇보다 우위에 있는 존재예요. 저 남자가 죽으라면 죽을 수 있고요. 저 남자를 잃는다면 저 역시 살아갈 목적을 잃을 정도로요. 뭐, 저쪽에서 어떻게 생각할지는 모르겠지만요."

망령—.

이제까지 에어는 자신을 포함해서 몇 명인가 망령과 마주쳤던 적이 있었다.

그리고 그중 누구도 예외 없이 격렬한 증오 및 완수해야 할 소원을 갖고 있었다.

모두들, 자기 자신에 대한 존엄을 근본으로 갖고 있었다.

그러나— 이 소녀는 다르다.

살짝 차이가 난다.

데드림이 본인의 혼 안쪽에 품은 감정은.

"제게 이스나는 살아가는 모든 것이에요. 망령이 되어서도 전혀 달라지지 않았어요."

오직 한 사람에게 보내는— 순수한 애정.

이스나에 대한 진심이었다.

언뜻 아름답게 보일 수도 있다.

그러나 저런 헌신의 뒤에 숨겨져 있는 것은.

'데드림, 이 녀석은—.'

모종의 잔혹함에 불과하다.

—어느 무엇과도 바꿀 수 없는 사람이 있다는 것.

요컨대 한 사람을 지키기 위해서라면 다른 어떠한 무엇도 희생할 수 있다는 의미다.

소녀는 오싹하리만큼 헌신적인 가치관으로 살아간다.

한 사람을 위해서라면 만 명을 희생할 수 있다.

—그런 참혹한 가능성마저 내포되어 있는 정념이 바로 소녀의 행동 원리였다.

"저와 이스나는 어릴 적부터 함께 지냈던 소꿉친구 사이였는데, 마도사가 되어 군대에 들어가는 게 철들었을 때부터 가진 꿈이었어요. 저희가 살던 마을은 국경과 가까워서 전쟁의 불길이 무척 위협적이었던 탓에, 둘이서 같이 마을을 지킬 수 있는 마도사가 되고 싶었죠."

그리고.

"제가 더 마도사에게 필요한 소질이 뛰어났던 이유로 진급은 빨랐지만요. 이스나도 열심히 뒤를 따라와줬어요. 함께 싸우자고, 재능도 없는 주제에. 그런데 그날— 총에 맞았던 그날이 처음 정식으로 파트너가 되어서 꿈을 하나 이뤘던 날이었어요."

에어는 상상밖에 할 수 없었다.

두 사람이 어릴 때부터 어떠한 길을 걸어왔는지.

어떤 생각을 느껴왔는지.

어쨌든 단지 얼굴만 아는 관계가 아니었음은 분명하다.

적어도.

"저는— 이스나의 눈앞에서 전사했어요."

이 소녀— 데드림이 그 장교에게 보내는 마음만큼은.

깊은 감정이 있다.

"제가 마지막으로 본 것은 울고 소리치면서 조각나 흩어졌던 제 심장을 주워 모으려 하는 이스나의 모습이었어요. 착란 상태로, 정신을 놓아버리고, 그토록 절망하는 인간의 얼굴을 이전에도 이후에도 본 적이 없네요. 저 남자가 두 번 다시는 그런 표정을 안 지었으면 좋겠어요."

"……."

데드림이라는 소녀가 품은 근본.

여러 사정들을 알게 되고도 적대 관계로 존재해야 할 에어는 절대 신용할 수 없는 입장이었지만.

"그리고 이런 상황이니까 말해 두겠는데요."

"뭘."

"나라를 배반할 셈이냐는 둥 당신이 말했잖아요. 그런데 전 이미 서방국을 배반한 뒤 이곳에 온 사람이에요. 오늘 습격 직후에 저와 이스나는 함께 출진했던 동료 열 명을 죽였거든요."

"아."

"이번 제2세대 엑세리아 강탈은 본래 소대가 맡아 수행하라는 명령을 받았습니다만, 저희 목적을 위해서 다른 동료들은 방해꾼이었기 때문이에요."

목적—.

군부를 거역하고 동료들까지 살해해서 수행하려고 했던 데드림의 의도.

그것은.

"제2세대 엑세리아를 서방국에 넘겨주지 않고— 저희가 직접 사용하기 위해서 저와 이스나가 온 거예요."

말하면서 데드림은 가슴께에 걸어 둔 탄환을 여봐란듯이 내밀었다.

그리고 에어에게 시선을 보낸다. 마치 몹시도 궁금하다는 듯한 시선이었다.

"에어, 당신은 전쟁을 좋아하나요?"

"……갑자기 뭐야."

좋거나 싫은 차원의 문제가 아니다. 다만 어찌할 도리가 없는 하나의 현상이라 받아들이고 있다.

"저는 싫어요."

"……."

"어릴 적에는 단지 사명이라는 생각에 갈망했죠. 순수한 적이 있어서 그 적을 무찌르면 모두 행복하게 살 수 있다고. 그런데 실제 마도사가 되어 전장에 나가 목격했던 건 단지 입장이 다를 뿐 똑같은 인간이었고, 게다가 저와 나이도 별로 차이가 안 나는 젊은 사람들뿐임을 알게 됐어요."

당연한 사실.

모두가 선의를 애써 물리친 뒤 받아들이는 사실을, 다만.

"그리고 전쟁은 제게서 모든 것을 빼앗았습니다. 저의 생명도, 이스나의 인생도."

데드림은 미친 현실을 순순히 받아들이려 하지 않는다.

아울러.

"다른 누구도 아닌— 저와 이스나가 이 전쟁을 끝낼 거예요."

"아!"

흑발의 망령은 맹세했다고 한다.

기묘하게도 에어가 레인과 함께 가슴에 품고 버텼던 바람과 완전히 같은 소망을—.

"제가 망령이 되어 갖게 된 탄환은 대단히 강력해요. 접촉한 대상의 위치를 자유롭게 바꿀 수 있죠. 진형이나 배치를 전부 무시할 수 있는 탄환과 단독으로 뛰어난 성능을 발휘하는 제2세대 엑세리아가 더해지면 저희는 무적의 존재와 다름없어요."

위치를 무시한다—.

그것만으로도 강력한데 아울러 제2세대 엑세리아의 기동성이 더해지면 전투라는 개념 자체가 바뀐다. 머리가 부서졌을 때 죽는 것은 인간이라도 벌레라도, 또한 군대라는 조직이더라도 다를 바 없다. 지휘관이 죽으면 결판이 난다.

그리고 데드림은 그런 전술을 가능케 한다.

진형을 무시해서 적장의 앞에 이동한 뒤 대상만을 죽일 수 있다—.

"그럼 전쟁이라는 행위조차 사라질 테죠. 저와 이스나가 나선 순간에 이미 전투가 끝나버릴 테니까요. 그래서 제2세대 엑세리아가 꼭 필요했어요."

—하지만.

이어서 말을 꺼냈다가 데드림은 시선을 오두막 방향으로 보냈다.

"그 목적도 이스나와 바꿀 순 없어요."

벽 하나 안쪽에는 죽음을 눈앞에 둔 장교가 있다.

무려 10년 전부터 데드림이라는 소녀에게 속박되어왔던 인물.

"저에게 평화라는 말은 이스나가 같이 있다는 전제에서 성립돼요. 10년 전, 단지 길가의 벌레처럼 죽어 나갔던 제가 그 정도는 바라도 괜찮잖아요?"

"……그런 녀석이."

"음?"

"그런 생각을 가진 사람이, 참 잔인하게 인간을 죽이던데?"

에어는 언급했다.

그것은 불과 몇 시간 이전— 데드림이 서른 명이나 되는 인간을 희롱하듯이 살해했던 광경이었다.

만약 소녀의 말이 진실이고 누군가에게 보내는 친애 및 전란에 대한 증오가 사실이라면—.

'맞아—.'

그토록 잔인했던 살인 행위는 불가능하다.

가능할 리 없다.

생명 자체를 우롱하는 방식의 살인 행위는, 절대.

그렇게 생각했지만.

"아니에요. 반대예요. 저 자신이 살해당했기 때문에 택한 방식이에요."

"……반대?"

"저는— 마지막 순간 아무것도 생각할 수 없었어요."

데드림은 거의 즉사에 가깝게 저격당했다.

죽음의 순간 본 이스나의 기억만큼은 남아 있지만, 그러나 본인은 정작.

"제게는, 절망할 순간조차 허락되지 않았죠. 괴로워하지도, 아파하지도, 숨을 헐떡이지도, 공포에 떨지도, 죽음을 예감하지도, 절망하지도— 아무것도 못한 채 목숨을 잃었고, 다시 깨어났을 땐— 10년의 시간이 지났더군요."

말을 멈췄다가.

"저는, 살아 있었던 증거를 남겨주고 싶어요."

데드림은.

"깊은 감정을 남겨주고 싶어요. 공허하지만 않았다면, 이스나의 마음에만 남을 수 있었다면 저는 족했어요. 어차피 이 세상을 떠나려면 절망이든 격통이든 원한이든 회한이든, 격한 감정을 남긴 채 죽고 싶었죠."

그러니까, 데드림은 적에게 각인시켜주었다고 말한다.

지금 죽일 수밖에 없다면—.

깊은 절망과 아픔을.

그런 안 좋은 감정도 소녀는 바라 마지않았던 것.

무엇인가, 안 좋은 감정이라도 상관없이 이 세계에 흔적을 남기고 싶다— 그것이야말로 데드림이 죽어 가는 인간에 대해 최대의 경의를 표시하는 행위이자 다할 수 있는 예절이라고 한다.

그렇지만.

"……머리가 이상한 거 아니야?"

사고의 수순은 알겠는데 도저히 이해가 되지 않는다.

잔학하게 살해해서 필요 이상의 공포를 주면 무엇을 남길 수 있단 말인가. 딱히 종교적인 의미를 갖지도 못한 행위는 단순하게 잔혹하기만 하다. 그리고 데드림의 마음속에서 그런 행위는 평화를 갈망하는 감정과 모순조차 발생하지 않는다.

그 때문에 더더욱, 제아무리 정당화하는 구실을 늘어놓더라도, 전란을 끝내겠다는 같은 목적을 가졌더라도, 에어가 눈앞에 있는 흑의의 소녀에게 느끼는 것은 단 하나뿐.

이 녀석도— 망령이다.

인간의 섭리에서 벗어나 있는, 일탈한 사자.

재앙을 불러오는 존재.

무엇인가 크게 어긋나버렸다—.

'그래도—.'

소녀를 이렇게까지 바꾸어 놓은 요인이 따로 있지는 않을까. 그것은 익숙해지는 동안 위화감이 점점 사라졌지만, 소녀의 무기가 하필 『도검』이라는 것이다.

'역시, 이상해.'

이 세계에 마법은 있다.

그러나 신비롭지는 않다.

총과 도검을 비교하면 반드시 총이 더 우월하다.

위치를 바꿀 수 있는 마법을 보유했더라도 다르지 않다.

마도사가 싸운다면 미래를 예견하는 『공각질』과 총포가 세트로 필요하다.

그런데 데드림은 도검을 써서 싸운다.

그렇자면, 즉.

'반대로—.'

반대로 생각해야 하나?

총을 안 써도 싸움이 될 만큼 강했던— 것이 아니라.

도검을 써야 더욱 유리했기에—.

'그렇게 생각하면—.'

이제껏 든 의문 몇몇은 납득이 된다.

망령은 예외 없이 합리적인 사고를 한다. 윤리관이나 감정에 속박되지 않고 최적이라 판단되는 방안을 망설이지 않고 실행한다. 그런 까닭에 도덕에서 벗어난 행위를 저지르는 경우가 많아지지만, 그 이면에는 반드시 논리적인 사고가 있다. 이 같은 전제가 성립된다면—.

'데드림은—.'

도검을 사용하는 것이 가장 우수한 전법—.

그럴지도 모른다.

데드림이 망령이 되어 수중에 넣은 힘.

—대상을 이동시키는 탄환.

실은 도검을 쓰는 전법이 가장 적합하기 때문에 총은 사용하지 않았다면? 또한 도검으로 직접 인간을 살해하는 행위는 총으로 쏘는 것보다 아득하게 실감이 동반되는 행위이리라. 어쩌면 그런 죄책감을 조금이라도 덜기 위해서 소녀는 인간을 죽일 이유를 억지로 만들었을지도 모른다.

—잔학하게 죽이는 행위.

그것이 위안이 될 것이라고.

그렇게 이유를 갖다 붙였다면—.

"아무튼 저는 이스나의 안위가 가장 중요해요."

흑의의 소녀는.

"제가 죽은 다음에 10년 후, 재회했을 때 울며 기뻐하던 저 남자가 가장 소중해요. 제 곁에 있어주기를 선택한 저 남자가 무엇보다도 사랑스러워요."

따라서.

"내일 아침에 최단 거리로 설산을 빠져나가죠. 적에게 발각

되어 전투가 벌어지겠지만, 위험을 무릅쓰지 않으면 이스나는 죽을 거예요. 또한, 제 계획에는 당신의 협력이 필요하군요."

……위험성이 너무나 높은 행위다.

이대로 우회해서 이동하면 적에게 발견당할 가능성은 한없이 낮다. 제2세대 엑세리아를 갖고 복귀한다는 임무를 완수하자면 우회하는 것이 최적의 행동이었다.

다만, 이 작전을 선택했을 경우.

"당신과 함께 온 흑발 소년도 죽을걸요?"

레인은— 죽는다. 이대로 쭉 피를 흘리다가.

물론 레인보다 기체를 우선해야 했다. 기체 하나지만 국가 간의 형세를 좌우할 수 있는 보물과 다름이 없다. 학생병 한 명의 목숨과 저울에 걸 필요도 없다.

다만.

"당신 마음은 어떤가요? 에어."

"……."

에어는 대답할 수 없었다.

"무엇이 가장 중요한가요?"

데드림의 물음에.

"아, 맞아요. 낮에 온 통신에서 말을 들었었죠. 레인— 그 소년을 죽이라고요."

"아!"

클레이스에게 받은 통신의 내용을 말하고 있다.

그때 에어는 클레이스에게 「여차할 때는 레인을 죽여라」라는 말을 들었다.

"그런데 지금 상황에서도 죽이지 않았다— 다시 말하면."

"……아니야."

"네?"

"나는, 너하곤 달라!"

거듭됐던 물음에 에어의 목소리가 거칠어졌다.

"나는 한 번도 임무를 내던진 적이 없어!"

냉정함이 결여된 말은.

"너야말로, 나와 그 녀석을 우습게 보지 마!"

자기 자신에게 들려주는 것 같았다.

"나와 레인은 분명히 협력 관계에 있어. 그래도, 단지, 그게 전부야. 여기에 쓸데없는 감정은 일절 없어."

그래— 분명 그렇다.

에어에게는 긍지가 있다.

이제껏 항상 최선의 선택을 해왔다는 것.

"나는 레인과 약속했어. 이 전란을— 전쟁의 연쇄를 막아내겠다고. 그리고 우린 가장 중요한 목표를 위해서라면, 부득이하다면 나는 그 녀석을 버릴 수 있고, 그 녀석도 나를 버릴 수 있어. 그런 전제가 있기 때문에 우리는 이제까지 함께 싸울 수 있었어."

아울러 그런 긍지가 있기 때문에 당당하게 말할 수 있었다.

—세계를 바꾼다.

—이 난세를 끝내겠다고.

서로 목숨을 걸 만큼 굳은 각오.

그런 결의가 있는 덕분에 다른 사람이 들으면 웃어버릴 꿈같은 말을 꺼낼 수 있었을뿐더러 함께 목적을 수행할 수 있었다.

따라서 그 말은, 달콤한 감정을 갖게 된 시점에서 언급할 권리마저 사라진다.

긍지가 동반되지 않으면—.

실행이 동반되지 않으면—.

제아무리 거창한 말도, 대단한 다짐도.

—결국 헛소리다.

"데드림, 너희들하곤 달라. 막상 위험해지면 자기들 안위부터 돌보는 짓을 우리는 절대로 하지 않아. 이런 정도로 굳은 결의가 없다면 시대의 조류는 결코 바꾸지 못해."

분명— 바라보는 대상은 같다.

방식을 다를지언정 데드림은 근본적으로는 전쟁을 증오하고 있다.

그 감정에 거짓은 없을 것이다.

평화를 바라기에, 평화를 위해 수많은 자원을 소모했고 또한 희생해왔다.

또한 그것은 이제까지 만났던 망령 누구와도 다른 부분이기도 하다.

전쟁의 와중이 아니면 살아가지 못하기에 전쟁 자체를 바라는 망령의 기질과 다르다.

이질적이라고 말할 수도 있을 것이다.

하지만, 그럼에도— 역시 에어와는 또 다른 사고의 소유주였다.

그리고 이런 에어의 신념마저도.

"그런 부분을 묻진 않았어요, 에어."

가볍게 받아넘기는 데드림.

"제가 물어본 것은 그 소년을 구하고 싶은가— 그것뿐이에요."

"……철저하게 생각이 맞질 않는구나."

"그건 제가 할 말이네요. 당신이 한 말은 평화로워진 세계에서, 그저 소중한 사람은 모두 다 사라졌는데 혼자 살아가겠다는 뜻이잖아요?"

"……."

"둘 중 하나가 아니에요. 둘 모두를 달성하면 돼요. 저는 이스나와 함께 살고 싶고요, 손을 붙잡고 싶고요, 키스도 하고 싶고요, 가능하다면 아이도 낳고 싶어요. 그러자면 우선 동서의 전쟁을 끝내야 하죠. 꼭 필요한 일이에요. 단지 그뿐이에요."

그리고 데드림은 숨을 내쉬었다.

"어쨌든 슬슬 결론을 내야 되겠는데요. 슬슬 추위를 도저히 못 버틸 지경이라서요."

말하면서 데드림을 발길을 되돌리고는.

"이야기는 나중에 다시 하지요."

곧장 레인과 이스나가 기다리고 있는 오두막 안쪽으로 들어갔다.

—한편.

에어와 데드림 두 사람이 오두막에서 나가는 직후, 레인은.

'……큭!'

기침을 하는 동시에.

"꺼흑……. 쿨럭……!"

입으로 침 섞인 피를 토했다.

만져서 확인해봤더니 감촉이 거의 혈액이었고 기침할 때마다 계속 나왔다. 얼마 전까지 콕콕 찌르는 듯 아팠던 상처의 통증도 점점 감각이 둔해지고 있었다.

'—이거.'

위험하다.

죽음이 가까워지고 있다.

그 정도는 충분히 이해할 수 있었다.

흘러나오는 피가 멎지를 않는 데다가 의식도 확실하게 옅어지고 있다.

그리고 이렇듯 약해져 가는 레인에게.

"아직, 이야기할 힘은 있나요?"

"……그럭저럭."

"하하, 서로 간에 위험하군요. 저도, 슬슬 버티기가 힘들어졌습니다."

말을 건네온 사람은 이스나였다. 서로 간에, 파트너로 둔 소녀들에게 불안감을 주지 않으려고 버텼었지만, 중상을 당한 두 사람의 생명은 촛불처럼 점점 줄어들고 있다.

두 사람은 마주 보는 모양새로 벽에 기대었다.

"망령……. 맞습니까?"

"……?"

"방금 이야기했죠. 에어라는 아이와 데드림이— 망령이라고."

이스나는 작은 목소리로 말했다.

"참 신기하네요. 한마디 말에 드디어 이해가 됐습니다. 어째서 10년 전 죽었던 그 아이가 다시 나타났는지……. 예전과 다를 바 없는 모습으로 내 앞에 왔는지……. 그 이유가."

꺼지는 듯한 목소리로 말하는 이스나에게 레인은.

"당신은 죽기 이전부터 그 녀석과 아는 사이였던 겁니까?"

"예."

이스나는 살짝 고개를 끄덕거렸다.

"그냥 아는 사이였던 게 아니라, 10년 전…… 그 애의 최후를 본 사람이 저예요. 목과 가슴에 총을 맞았고, 깨닫고 나서 몇 초 뒤에는 이미 죽어버렸고……. 저는, 혼자가 돼서."

그 이후.

이스나는 혼자서 무려 10년을 줄곧 전장에서 떠돌았고.

"몇 개월 전에— 림 녀석, 느닷없이 나타나더군요. 게다가 10년이나 지났는데. 아무것도 바뀌지 않고, 죽었을 때와 똑같이. ……아무렇지도 않게 다가와서 『어라? 늙었어?』라며, 난처해하는 표정을 짓고……."

정말 난처했던 사람은 저였는데, 이스나는 말했다.

곧이어.

"당신은, 그 애와……."

레인에게 「그쪽은 어떠한가」라고 묻는 시선이다.

솔직히 대답해줄 의무 따위는 없었다.

그러나 레인은 저 청년 장교에게 모종의 성의를 갖고 대답했다.

"……저는 망령이 된 이후밖에 에어를 알지 못합니다. 살아있었던 시절도, 이전에 망령이 되어 보냈던 시간들도— 어떤 광경을 봐왔는지도 모릅니다."

"—하하."

"음?"

"그럴 줄 알았습니다."

이스나는 웃음 짓고는 레인을 바라봤다.

그때 레인은 그 남자와 눈이 마주쳤지만, 이스나의 온화한 시선에는.

'……?'

무엇인가 깊은 서글픔이 있는 듯 느껴졌다.

"그냥 느낌입니다만, 레인. 당신은 10년 전 저를 많이 닮았습니다. 림을 줄곧 착각했었던, 미숙하고 치기 어렸던— 옛 시절의 저를."

"……?"

"옛날 사진을 보는 기분과, 비슷하네요."

—잘 이해가 되진 않지만.

닮았다는 말을 들었다.

그러나 닮은 부분이란 것이 무엇인지는 알 수가 없다.

"그렇군요. 그러면 하나, 알아맞혀볼까요? 레인."

이스나는 잠시 숨을 돌렸다가.

"최근에, 에어라는 아이와 싸움을 하지 않았습니까?"

"윽."

"아하, 얼굴을 보니 알겠습니다. 역시나."

어째서 아는 거냐, 되묻고 싶어졌다.

확실히— 최근 에어와 사이가 삐걱삐걱했다.

열차 안에서도 줄곧 어색한 상태였다.

이유라면, 이것저것 있지만.

"알죠. 저도 림도 10년 전에는 비슷했거든요."

—10년 전.

젊은 시절의 이스나는 결코 재능이 없는 인물은 아니었다.

마도사라는 시점에서 일반 병사보다 몇 단계는 격이 높았고, 이스나 역시 예외가 아니었던지라 마도사로서 순조롭게 수순을 밟아 나갔다. 다만 생전의 데드림은 유독 빼어난 우수함을 갖춘 인재였기에, 이스나는 항상 비교당하는 대상이 바로 곁에 있는 환경에 놓이게 됐다.

그러나 어릴 적에는— 그래도 괜찮았다.

서로의 우열 따위는 관계없었다.

함께 지낼 수 있었다.

그러나 성장함에 따라 두 사람을 둘러싼 환경은 점점 변화했고.

“림이 죽었던 날도 마찬가지였습니다.”

두 사람은 옛날처럼 지낼 수 없게 되었다.

“그 아이와 둘이 전장에 나선다……. 그 목표를 하나 이루었던 그날. 그날도 저는 자질구레하게 신경 써주는 림과 말싸움을 했어요. 지금 돌이켜보면 아무것도 아닌 지적이었는데, 도무지 저를 의지해주지 않는 게 화나서 서로 서로를 무시하다가, 문득 깨달았을 때, 림은—.”

저격을 당해 쓰러졌다.

여한을 남긴 채 죽었다.

그것은 이 세계에서는 흔하고도 흔한 일.

그러나 과거에 가장 사랑하는 사람을 잃었던 이 청년에게는.

“레인은, 당신은 그때의 저와 같습니다.”

깊은 정념이 각인되었다.

“같다니, 뭐가.”

“너무 우수한 파트너를 둔 탓에 조바심을 느끼고 있단 뜻이에요.”

—조바심.

자신의 미숙함을 견디지 못하는 감정.

“조바심 따윈…….”

“에어라는 아이의 말에 의미도 없이 반발하진 않았습니까?”

“…….”

“그러다가 피차 제대로 말을 못하게 되진 않았고요?”

…….

헤아려보자면 한쪽 손가락만으론 충분히 셀 수 있을 것 같지가 않았다.

그리고 아마도 사이가 틀어졌음을 레인의 태도에서 눈치챘는지.

“당신은 유쾌한 착각을 하는 겁니다.”

“착각은 무슨…….”

“레인, 당신이 봤을 때 파트너의 평가는 어떻죠?”

“……이상적인 마도사.”

“그 부분이 일단 틀렸습니다.”

불화의 원인.

그것은.

“그 아이들은 우수할 뿐 신이 아니에요. 제아무리 두뇌가 뛰어나더라도, 망령이라는 존재이더라도, 그 아이들의 근본은…… 단지 한 명의 소녀인 거죠.”

착각—.

즉 파트너로 둔 에어를 절대시하는 데 있다는 말이었다.

“그래서 더욱 조바심이 솟아납니다.”

“…….”

“뻔하죠. 제멋대로 착각을 해서 신성시하고, 자신과는 다른 존재라는 이유를 붙여— 말하는 것 전부가 절대적이라고 무의식중에 결론을 내려놓습니다. 따라서 파트너의 말 한마디가 본인의 생각보다 더 신경 쓰이고, 사실이 되어 뇌리에 꽂히죠.”

잘못되었다는 말을 듣는 것 같아서—.

파트너로 둔 소녀를 언제까지고 따라잡을 수 없을 같다는 생각에.

"한마디 말해 두겠습니다. 착각하면 안 되는 것은 그 아이들도, 당신과 저도 단순한 인간이라는 사실입니다. 잘못을 저지를 뿐 아니라 억지도 부리고, 가끔 막말도 튀어나와요. 방심도 하죠. 저는 절대로 죽을 리 없다고 생각했던 림이 허망하게 죽었을 때 뒤늦게 깨달았습니다."

"……그래도."

"더 간단하게 말해줄까요?"

푹푹 찌르는 말인지라 정신적으로 아팠다.

아직 정리를 다 못한 레인에게.

"지금 당신은 동경하던 여자아이한테 혼나서 토라진 겁니다."

"……끙."

끙 소리가 나와버렸다.

지켜보고 있던 이스나는.

"……하하."

짧게 웃는다.

힘없는, 연약한 목소리지만— 즐겁게.

"어째서일까요. 지난 10년간, 옛날 자신에게 꼭 해주고 싶던 말을 드디어 전부 털어놓은 기분입니다, 아하하……."

"이보쇼……."

부끄러운 지적을 받은 레인이 받아치려는데.

"그나저나, 저도 잘난 척 말을 할 입장은 못 됩니다만. 아직

저는 그 아이를— 림을 알지 못하는 부분이 많거든요."

이스나는 목소리를 살짝 낮췄다.

"망령이 되어 나타났던 처음은 정말 옛날과 똑같은 림이었습니다. 저는 바뀌었지만 바뀌지 않은 그 녀석 덕분에 기뻐했죠. 그런데, 전투가 벌어지면— 돌변하는 겁니다."

파트너답게 이스나는 지금도 옛날에도 함께 싸웠고, 따라서 변화는 더욱 명백했다고 한다.

"잔학성이 훨씬 심해졌고 전투에 강한 의욕을 갖게 됐습니다. 마음의 근본에서는 전쟁을 누구보다 싫어했었는데, 그럼에도 줄곧 싸워온 결과일까요. 잘 모르겠습니다."

레인이 아는 인물은 현재의 데드림뿐이다.

소녀는 서른 명에게 더욱 큰 고통을 주어 살해했다—. 다만.

"살아 있었을 때는 달랐다는 말입니까?"

"예. 특별히 더 우수했습니다만, 그렇다 해도 전장에서는 한 번도 웃는 얼굴을 본 적이 없습니다. 전장에 출진하는 횟수도 다른 사람들과 비교가 안 될 만큼 늘었습니다. 뭐, 그것은 카이세이라는 남자가 데드림에게 싸울 자리를 계속 준비해줬기 때문입니다만."

—카이세이.

얼굴을 알지 못하지만 레인도 이름만큼은 들었던 기억이 난다. 분명 서방국의 장교이고, 몇몇 전장에서 이름을 목격했었다. 눈에 띄게 우수한 공적은 없었던지라 인상은 약하다.

다만, 어쨌든 간에 카이세이라는 장교는 망령 데드림과 접촉했고.

"어쩌면, 림은— 그 남자에게 전쟁을 받아 수행하는 셈이죠……. 제가, 조금 더 강하게 말했었다면, 림은 변하지 않고— 망령 데드림이, 되진 않았을, 그런 가능성은 분명, 있었는데……. 림은, 지시받은 대로, 전장에—."

데드림은— 변했다.

생전보다 훨씬 격하게 전쟁 속에서 살아가게 되었다—.

"저, 저는…… 아무것도, 하지 못했습니다. 변하는, 그 아이에게— 변하지, 말라고……."

의식이 흐릿해졌을까. 이스나의 목소리는 점점 약해졌고.

"당신들은— 끝까지 해내십시오."

"……."

"우리는 이미 늦었습니다. 그러나, 지금 당신들이라면, ……아직, ……어요."

끝까지 말할 기력이 바닥났을까.

이스나는— 작게 새근새근 소리를 내기 시작했다.

데드림과 대화를 마친 뒤 돌아왔던 에어는.

"레인. 다친 덴?"

"……딱히 나빠지지는 않았는데 좋아지지도 않았어."

"그래."

우선 레인의 거짓말부터 받아줘야 했다. 에어는 잠시 자리를 비웠을 뿐이었지만, 상처 부위를 막아 둔 붕대는 핏자국이 더 넓어졌다. 악화되었다는 사실만큼은 확실했다.

그러나 에어는 굳이 더 언급하지 않고.

"일단 붕대를 풀어 씻어야겠네. 아프겠지만 참아."

"별로, 아파 봤자아아아야아아아아아!"

"……아프댔잖아."

붕대를 풀었더니 찐득한 피가 달라붙어 있었다. 오두막 안에 모아 두었던 물로 씻어도 그리 간단하게 떨어지지는 않는다. 상당한 출혈이 진행 중이었다.

그럼에도—.

그럼에도 레인은 결코 본인의 상처에 대해 언급하지 않는다. 설령 이 상황에서 상처에 대해 토로한들 쓸데없이 사태만 복잡해짐을 잘 알기 때문이었다.

'그래, 맞아—.'

에어는 새삼 마음을 다잡았다. 자신들은 상응하는 각오를 갖고 이제껏 싸워왔다. 그 과정에서 목숨을 걸어야 하는 상황은 거듭 겪었다. 그 때문에라도 가장 우선해야 할 것은 하나뿐.

이 전란에 종지부를 찍는 것.

목표를 위해 임무를 완수하겠다.

달리 눈 돌릴 틈은 없을뿐더러 목숨 따위야—.

'……'

레인의 생명은 불과 10시간도 남지 않았다. 구하려면 이른 아침에 설산을 탈출한 뒤 적절하게 치료를 해야 할 테지만, 그러려면 정체불명의 부대와 필히 교전하게 될 것이다.

데드림의 힘은 강력하다.

그러나 전술의 핵이 되는 엑세리아는 한 기뿐.

수행할 수 있을 가능성은 결코 높지 않았다.

그러나 이대로 쭉 몸을 숨긴다면— 도주가 성공할 가능성은 높다.

따라서, 고민거리도 못 된다.

무의미하다, 갈등 따위는—.

『제가 물어본 것은 그 소년을 구하고 싶은가— 그것뿐이에요.』

문득 떠오르는 것은 데드림의 말.

그때 들었던 물음에 아직 대답할 수가 없었다. —아니, 대답을 꺼낸 순간에 이제까지 레인과 쌓아온 것이 무너지리라는 예감이 들었다.

목숨을 건다— 이제껏 두 사람이 거듭해왔던 말이 거짓말로 전락할 것 같았다.

그러므로 생각을 하지 않았다.

'나는—.'

피투성이의 붕대를 씻어 말리고 다시 레인의 상처에 감아주면서.

'어떻게, 해야—.'

고민하는 사이에 갈등이 점점 더 커진다. 그리고 레인의 육체에 닿아서 직접 접촉하며 체온을 느끼게 되면 분명히 지금 레인이 살아 있다는 사실을 의도하지 않아도 실감하게 되어버린다.

이 온기도 내일이면 잃어버린다—. 그것은…….

'싫어—.'

싫었다.

분명하게 말할 수 있다.

그러나, 그럼에도, 결국 어떻게 해야 하는지 고민하면 또 갈피를 잡을 수가 없었다. 줄곧 똑같은 문답을 되풀이하고 있다. 다만 대답은 나오지 않았다.

"으……."

그때 레인이 신음 소리를 흘렸다.

퍼뜩 에어가 얼굴을 들었더니 바로 곁에 레인의 얼굴이 있었다.

'맞아—.'

아예 대놓고 본인에게 물어보면 되지 않을까. 생사를 가를 결단에 몰린 사람은 자신이 아닌 레인이다. 결정을 본인이 직접 내린다면—.

자신은 편해질 수 있다—.

"레인, 저기."

말을 걸었다.

"……에어?"

그러나 레인이 움직여서 눈을 마주쳤던 순간에.

'—읍.'

에어는 이어지던 말을 억눌렀다.

그리고.

'내가, 무슨 짓을—.'

자신이 막 하려던 행동을 깨닫는다. 깜짝 놀라서 입을 다물었다.

'무슨, 말도 안 되는 질문을, 내가—.'

자신의 나약함에— 섬뜩해졌다.

이제부터 어떻게 해야 하는가. 괜한 소리다. 지금 상황을 감안하는 경우 레인이라면 어떻게 생각하든 당연하게도 『자신을 희생해서 임무를 완수해라』라고 대답할 것이다. 또한 그 대답을 뻔히 예상할 수 있음에도 자신은 굳이 레인에게 질문하고자 했다.

즉 자신은 피하려 한 셈이었다.

레인을 버린다는— 그 결단을 자기 스스로 내려야 할 입장에서.

'이런 주제에—.'

그 사실을 깨달았을 때.

'이런 주제에, 무슨 목숨을 걸었다고……!'

무엇 하나도—.

무엇 하나도 결의를 전혀 굳히지 못한 자신— 중요한 순간에 정에 휩쓸리지 않고, 적절한 판단을 하기 위해서 다진 각오가 불안정하게 흔들리고 있음을 안 에어는 아연실색했다.

아울러.

"흐음. 꽤 열심히 치료하는군요, 에어."

맞은편 벽에 앉아 있었던 데드림이 중얼거린다.

"데드림……."
"방금 전까지 죽일지 말지 망설였던 주제에."
"아!"
"어휴, 처음부터 솔직히 굴면 더 귀여웠을 텐데요."
그렇게 한마디만 남긴 뒤 데드림은 다시 얼굴을 숙인 채 잠들었다. 잠에 취해서 멍한 모습이었지만, 어쨌거나 발언의 내용은 명료하게 울려 퍼졌다.
—죽일지 말지.
그 표현은 곁에 있는 레인도 확실하게 들었다.
물론 본래는 알려져서 난처할 만한 사안이 아니었다. 인간의 존재를 지워 없애서 현실을 개변할 수 있는 악마의 탄환—그것으로 레인을 지워 없애자는 발상은 분명 본인도 갖고 있었을 테니까. 서로가 굳이 언급하지 않았을 뿐, 결국 차선의 대책임은 레인도 에어도 명백하게 알고 있었다.
다만, 에어는 데드림의 발언을.
"아, 저기, 레인?"
애써 수습하고자 입을 열었다.
그러나.
"됐어, 괜찮아."
"……어?"
레인과 시선을 맞춘 채 사고가 빙글빙글 돌고 있었던 에어에게.
"당연한 판단이잖아."

전혀 감정이 없는 목소리로 소년은.

“나도 에어와 같은 상황에 처했다면 비슷하게 생각을 해서 같은 결론을 내렸을 거야. 지금 상황을 벗어나려면 누가 없어져야 하는가……. 뻔한 사실이지. 없어져야 할 사람은—.”

나잖아— 담담하게.

레인은 입을 열었다.

몹시 차분한 말투.

그 말은 얼버무릴 수 없는 본심이었다.

그러나, 전혀 아무것도 달라지지 않은 레인의 표정을 보고.

‘—어째서.’

에어의 마음속은.

‘어째서— 저렇게…….’

뒤흔들린다.

‘저렇게, 태연한 거야……?’

레인은 틀림없이 데드림의 말을 들었다.

에어가 레인을 악마의 탄환으로 지워 없애려 하는— 사실을.

겉으로는 치료를 하는 한편으로 냉철하게 저버릴 계획을 몰래 염두에 두고 있었다는 사실을. 다만 이러한 말을 들었는데도 불구하고 레인은「나도 같은 생각이다」라고 답했다.

달리 말하자면, 레인은.

‘내가, 레인을 죽여도—.’

—당연하다고.

여차하면 레인을 가차 없이 저버릴 인간이라고— 그렇게 생각했다는 의미.

따라서 레인은 동요하지 않았다.

에어가 누군가를 이점을 위해 없애는 것은『당연하다』라고 받아들이고 있기 때문에—.

망령인 자신은.

—사람을 해치는 존재이니까.

그런 생각을 갖고 있었다.

놀라지도 않는다.

다만 당연할 뿐.

—이 소년에게.

'……아, 아아…….'

거기까지 생각이 닿았을 때 에어는 자신의 뺨에.

"어……?"

물방울이 흘러내리고 있음을 깨달았다.

툭, 투둑.

"어, 어째서……."

처음에는 오두막의 천장에 물이 새서 얼굴에 닿았나 생각했다. 그러나 아무리 닦아도 사라져주질 않는 그것은 자신의 눈자위에서 맺혀 떨어지는 눈물이었음을 간신히 깨달았다.

'거짓말이야, 어째서—.'

그치고 싶다.

다만 소용없었다.

꽉 닫아 놓았던 마개가 빠진 것처럼 눈자위에서 자꾸 흘러나오는 터라 손으로 막아도 전혀 멈추지를 않는다. 자신에게 별다른 감각은 없다. 감정도 전혀 물결치지 않는다.

애당초 울 이유도 없다.

분명 없었다.

—그런데도.

어째서.

"에, 에어……!"

또한 갑작스럽게 눈물 흘리는 에어를 보고 흠칫하는 레인.

"무슨 일이야, 갑자기……."

눈앞에 있는 소녀가 자신과 눈을 마주친 채 느닷없이 진지한 얼굴로 눈물 흘린다면 누구든 제법 놀라리라. 당황할 테지. 아무튼.

'어째서—.'

에어는 그때가 되어서야『겨우』동요를 내비치는 레인을 보고.

"—어째서."

"어?"

"어째서, 지금 더, 놀라는 거야……."

"……에어?"

"어째서, 충격을 안 받는 건데……. 내가, 너를 죽일 생각이라는 말을 듣고도, 어째서, 아무렇지도 않은 표정인 거야—. 어째서, 아무렇지도 않게 대답하는 거야!"

억지에 가까운 투정. 서로가 서로를 이용하는 관계임을 자처했던 만큼 레인의 반응은 결코 잘못되지 않았다. 목적을 위해서라면 곧장 저버릴 수 있는— 분명히 이해관계에 불과했다.

그러나, 그럼에도 에어는 레인에게—.

'내가, 어째서, 이런 이유로, 이렇게…….'

당연하게 받아들이기를 원치 않았다.

충격을— 받아주기를 원했다.

"어째서, 이렇게까지, 아무렇지도 않게……."

—신뢰.

무의식중에 바랐던 것.

자신이 굳게 신뢰했던 인물에게 배반당한다면 누구든 놀랄 테지만, 애초부터 전혀 신뢰하지 않은 인물에게 배반당했다고 놀랄 사람은 물론 없을 것이다.

또한 레인은 에어의 배반에 놀란 내색도 하지 않았다.

즉 레인에게 자신은— 결국 당연하게도 배반할 것이라 인식됐던 존재라는 뜻이고.

"으, 끄윽……."

"잠깐, 에어, 너, 갑자기 울면……!"

감정에 앞서 눈물이 흘러나왔을 뿐 이제야 감정이 뒤따라왔다. 눈자위가 뜨거워지고, 코 안쪽이 시큰해지고, 아무리 참으려 해도 어린아이처럼 훌쩍거릴 수밖에 없었다.

그럼에도—.

질퍽질퍽 녹아내리는 감정 속에서 에어가 자각했던 것은.

'난, 나는—.'

지난 시간들.

레인과 쌓은 관계들이었다.

'그렇게, 다 아는 척 행세했으면서—.'

서로의 비밀을 쥐고 공유하는 목적을 내세워서 전진해왔다.

이루어야 할 소망이 있었다.

그것을 위해서라면 온갖 희생을 감당하겠다고—.

결의한 채 전진해왔다.

그러나 에어는 레인과 행동하면서도 내심으론 어느 틈인가 『다른 감정』이 끼어들었기에— 자신과 같은 감정을 레인도 가져준다면 좋을 텐데.

'왜 이렇게, 한심한 거야…….'

어느 틈인가 기대하게 되었다.

무의식중에.

그래서 더더욱.

—그래서 더더욱이다.

그 기대가 부정되었기에 자신은 덜컥 눈물을 흘리고 있다.

단지 슬픔 때문에— 그런 달콤함 감정에 깨닫지도 못한 채 지배되었다.

그리고 그런 자신을 깨닫게 되자 그저 한심하기만 했다.

—부끄럽다.

—자신은 무엇인가를 기대하고 있었다.

방금 전에 막 규탄했던 데드림과 아무것도 다를 것이 없잖은가. 어느 틈인가 정에 얽매이게 됐던 자신이 개인적인 감정을 갖고 들어오지 말라고 어떻게 말할 수 있겠는가.

새삼 자신을 객관시하며 느낀 수치심과 레인에게 신뢰받지 못했었다는 사실이 한꺼번에 더해져서 감정을 미처 제어할 수가 없었다. 다만 에어가 이렇듯 감정에 휩쓸려 있는 동안에.

"……일단은 말해 두겠는데."

말소리가 들린다.

"아니다, 에어."

"어……?"

"으음, 어떻게 보였을지는 잘 모르겠는데, 뭐냐, 꽤 싫단 생각이었어."

"……뭐가."

"에어, 네가 망설였다는 말을 듣고서."

"……그게 뭐야."

"진짜야."

"거짓말은."

받아치려고 했을 때.

"아……."

"거짓말은 하지 않아. 적어도, 지금은."

레인은 에어의 등으로 손을 두르더니 그대로 힘을 꽉 줘서 끌어당겼다. 조그마한 에어는 저항 없이 끌려갔고, 얼굴이 레인의 가슴에 깊이 파묻혔다.

—작은 몸.

정말 조그마한 몸이다, 새삼 레인은 실감했다. 꽉 세게 끌어안은 지금도 정말로 여기에 있는지조차 알 수가 없다. 너무나 가냘픈지라 힘을 지나치게 줬다간 부러져버릴 것 같다.

그럼에도— 한층 더 굳세게, 소년은 제 팔에 힘을 넣었다.

"……위로 따위."

"내가 좋아서 하는 짓이야. 그리고, 위로라면 나도 필요해."

애써 평정을 가장했을 뿐 꽤나 충격을 받았던 것은 사실이었다. 각오는 이미 다졌었지만, 그럼에도 어쩔 수 없이 마음이 출렁거리고 말았다.

"……그랬구나."

"당연하지."

"마음 약한 녀석. 몸은 튼튼하면서."

핀잔을 주고 에어도 레인의 등으로 손을 두르곤 마치 대답하듯이 강하게 힘을 넣었다. 레인은 상처가 욱신거려서 제법 아팠지만, 그럼에도 먼저 전해야 할 말을 꺼냈다.

"—에어."

"……왜?"

"나는 너에게 목숨을 맡겨 놓았어. 목적을 위해 필요하다고 판단되면 언제든 잘라버리는 게 맞고, 그때 감정을 개입시켜선 안 돼. 이건 악마의 탄환이라는 힘을 가지게 되어버린 나와 네가 반드시 마음에 담아 두어야 할 십자가지. 여차할 때 망설임에 얽매인다면 용서받을 수 없어."

"……그러게."

그 말은 레인의 질타다.

판단력이 둔해졌던 에어에게도.

또한 약간이나마 동요했던 레인 자신에게도.

하지만.

"다만, 만약에 이 상황을 헤치고 나갈 수 있는 때가 온다면."

레인은 야단을 맞아 얼굴을 숙이고 있는 에어에게 말했다.

"대화를 하자. 나는 눈치가 나쁘니까 이것저것 이야기를 나누고 싶어. 그러면 되겠지?"

"……."

에어는 대답하지 않았다. 다만 두 손에 다시 더해졌던 힘이 대답 대신이었다.

6. 설원의 공방

“뭔가 즐거웠나 보네요.”

데드림의 말을 신호로 삼아.

“자, 슬슬 이곳을 나가 출발하죠.”

아침 6시가 지나자 설산에도 아침 해의 전조가 있었다.

이곳에 남아야 하나, 아니면 적 부대를 돌파해야 하나.

어제까지는 두 개의 선택지가 있었지만, 데드림이 제안한 계책을 따라.

“제 탄환 마법에 대해 가르쳐드릴게요.”

적 부대를 돌파하기로 결정됐다.

“네 탄환?”

“예. 절대 비밀을 누설하고 싶진 않지만요. 이스나를 구하기 위해 필요하다는 생각을 했어요. 제 탄환 마법에 대해 안다면 돌파전의 승산이 높다는 걸 이해해줄 것 같아서요.”

말한 뒤 데드림은.

“이 창색의 탄환— 접촉한 대상의 위치를 바꿔주는 탄환에 대해서예요.”

이야기를 시작했다.

본래 결단코 밝혀서는 안 되는 내용— 자신의 마법에 대해.

“당신들도 한 차례 봤었죠. 이 탄환에 닿은 대상은 제 의사에 따라 임의로 위치를 바꿀 수 있어요. 조건은 단지 이 탄환 자체에 닿았을 것, 무게나 성질 따위는 관계없어요. 아무리 무거워도 『한 덩어리』로 인식할 수 있다면 이동이 가능해요."

—한 덩어리.

요컨대.

"분명하게 하나의 물체여야 한다는 의미예요. 으음……. 예를 들어서 지면이나 산이나 바다를 노려서 쏴도 연결되어 있는 덩어리가 너무 거대한 탓에 무리인데요, 어제 호수에 깔린 일면의 얼음처럼 질량이 한정되어 있는 『하나의 물질』이라면 이동이 가능해요."

요컨대 제아무리 거대하고 무거워도 지형 단위가 아니라면 전이를 가능케 한다.

또한.

"요점은, 저는 엑세리아의 위치 정도라면 마음대로 바꿀 수 있다는 뜻이에요. 그러니까 적이 날리는 포격을 어느 정도 버틸 수 있다면 자기 위치를 바꿔서 몇 기의 포위망 따위야 간단하게 돌파할 수 있죠."

자유롭게 물질 전이가 가능하다는 말.

게다가 기체와 함께.

정말 한순간에 적의 의표를 찌를 수 있다.

아울러 그 힘에는 거의 제한이 없다.

"……사기적이군."

레인은 새삼 실감했다.

전략 대부분을 무효화하는 망령의 특이성을. 다만.

“그런데 살짝 **약점**이.”

진정 무제한으로 사용이 가능하면 계책 따위 필요치 않다.

“이동 거리가 20미터를 넘기면 정밀도가 급격히 나빠지거든요.”

“정밀도?”

“물체의 상하좌우가요.”

“……음?”

요컨대 대상을 먼 거리로 이동시키는 경우.

“엑세리아는 거꾸로 뒤집혀서 조종석을 아래에 둔 채 착지할 가능성이 있고요, 인간이라면 머리부터 착지할 가능성이 충분히 있다는 뜻이에요.”

“……그렇게 되면 치명적이겠군.”

“네. 엎어진 엑세리아는 단순한 금속이죠. 다만 반대로 말하자면 20미터 이내에서는 주행 상태의 엑세리아도 안정적으로 연속 이동이 가능해요. 따라서.”

적측에 발견될 만한 거리까지 접근할 필요가 있지만, 그다음에는 따돌릴 수 있다.

“저희는 한 기에 네 명이 탑승해야 하는 적재량의 핸디캡이 있지만, 제 탄환을 쓰면 이런 불리함도 보충할 수 있어요. 모험을 할 가치는 충분하죠.”

요컨대 데드림의 탄환에 의지하는 정면 돌파였다.

어쨌거나 달리 선택할 만한 상책은 전혀 없었던지라 실행할 수밖에 없었다.

계곡에 의해 북상 루트는 제한되었다.

행동 개시 이후로 15분―.

아침놀의 아래에서 에어는 한창 엑세리아를 몰아가고 있었다. 그 루트는 삼림 지대를 지나가기 때문에 장애물에 가려져서 적의 관측이 어려운 장소를 도중까지는 경유할 수 있었다.

그러나 휜히 내다보이는 설원도 지나가야 한다.

아울러.

'이건―.'

설원에 진입하여 100미터도 못 갔던 때였다.

'포격―!'

레인은 예지했다. 그 순간, 에어가 날카롭게 기체를 우회전시켜 회피 행동을 취하는 동시에 근방으로 강렬한 폭격이 작렬했다. 직격은 피했지만 분명 공격이었다.

―탄환 마법에 의한.

"―에어!"

"알고 있어."

적의 공격.

쭉 둘러보다가 설원의 좌측에서 이쪽을 향해 돌진하는 적기를 확인했다.

소속 불명의 백색 엑세리아.

어제 습격했던 집단과 같은 기체다.

보호색을 이용하여 설원에 숨어든 뒤 기체의 사각에서 포격을 가했지만, 거리는 먼 데다가 또한 무리하게 교전할 필요가 없다. 이쪽의 목표는 어디까지나 적의 포위망을 빠져나가는 데 있었다.

그러나 앞선 공격이 방아쇠를 당긴 것처럼.

'제길, 또—!'

이번에는 전방에서 위기를 예지했다.

연사가 날아든다. 단발로 강렬한 위력을 발휘하는 탄환 마법이 아니라, 산탄처럼 방출되는 탄환 마법 『흑류탄(黑榴彈)(카라드루엘)』이었다. 일격 단위의 제압 범위가 넓고, 전방에서 협공을 당한 모양이 됐기 때문에 보통은 명중했을 궤도였다.

다만, 그 순간—.

'——.'

시야가 아찔해진다.

—기우뚱, 하고.

급격하게 머리를 돌려놓는 듯한 감각이 레인을 덮쳤다.

그리고.

"저쪽도 솜씨가 괜찮네요."

시야가 달라졌다.

방금 전까지 좌측에서 보였던 아침 해가 정면을 향한 구도로 바뀌었고, 수십 미터쯤 떨어져 있는 위치로 탄환 마법이 착탄했다. 여파에 솟아올랐던 눈이 흩날리고, 그 눈을 맞으면서.

"데드림……."

"회피는 제가 담당할게요."

데드림은 손에 든『창색의 탄환』을 기체에 가져다 대며.

“아무튼 거리를 벌리는 데 전념해주세요, 에어.”

적의 포격에 대처했다. 제아무리 기체 조작에 능숙한 조종수일지라도 복수의 엑세리아에 둘러싸일 경우 압도적으로 불리해진다. 에어도 예외가 아니었기에 미리 포위망을 깔아 둔 적의 포격이 몇 번이고 스칠 뻔했다. 다만, 그때마다.

“이동합니다.”

한 마디—.

구두로 말했던 직후, 적의 포격은 떨어져 있는 장소에서 일어난 사건이 됐다.『전이』마술을 구사하는 데드림의 탄환은 의사를 읽고 읽히는 마도사 간의 전투에서 특이점이었다.

적이 날리는 포격은 맞지 않는다.

그러나 시간이 지나가는 동안.

‘제길…….’

적기의 증원이 완료됐다.

—여섯 기.

아마도 제2세대 엑세리아를 빼앗기 위해 준비한 전 기체일 것이다.

그리고 집결한 전력에 의해 사방에서 포위당한 채 레인 일행은 포격을 받게 되었다.

‘큭, 제길.’

—돌파가 불가능하다.

여섯 기에 의한 포위는 무너지지 않는다. 데드림이 기체를 전이시키고, 에어가 치밀한 조작으로 포위를 빠져나가고자 거듭 시도한다. 그러나 적기는 모든 돌파 시도를 넘쳐나는 숫자로 연신 차단했다.

급제동으로 한 기의 추적을 뿌리치더라도 빈 공간에 다른 기체가 쓱 치고 들어오고, 데드림의 전이 덕택에 무너졌던 진형의 구멍을 뚫고 나가려는 순간에 적의 탄환 마법이 내리쏟아진다.

설원의 공방.

기계 전차가 질주하며 땅을 헤집는 것이 아닌가 싶은 큰 폭음이 끊임없이 울려 퍼졌다.

전투 개시부터 5분도 지나지 않았는데 발사된 탄환은 백을 훌쩍 뛰어넘었을 뿐 아니라, 비록 직격을 당하지는 않았지만 지금 상황을 타개하려면 근본적인 전략을 바꿀 필요가 있다 판단했다.

지금까지는 회피해서 포위망에 구멍을 만드는 것이 목적이었다.

그러나— 승리하려면.

"공격이 필요해."

에어가 말했다.

"적의 숫자를 절반— 아니, 넷으로 줄이면 포위망에 구멍이 뚫려."

포위의 돌파— 그러자면 최소 두 기는 격추해야 한다. 하지만 에어와 이스나는 조종이 전문인지라 탄환 마법에 특화된 인재가 아닐뿐더러 데드림은 회피에 집중하고 있다.

'사격이 되나, 지금—.'

공격을 펼칠 수 있는 인물은 레인밖에 없다.

다만.

'큭, 마력이—.'

이미 탄환 마법을 행사 가능한 체력은 없다.

데드림이 뚫어 놓은 가슴의 상처는 깊숙한 곳에서 확실하게 레인의 생명을 좀먹고 있었다. 피를 과다하게 잃은 까닭에 시야가 이미 제한되는 상태이고, 총을 들 손에도 제대로 힘이 들어가지 않는다.

그럼에도 마도사로서 갈고닦은 지각은 남아 있었지만— 탄환 마법을 사격한들 높은 정밀도는 기대할 수 없을 것이다. 세세한 감각에 의해 탄환 마법의 정교함이 구성되기 때문이었다.

어쨌든 적기를 무너뜨리지 못하면 격추당하는 것도 시간문제다.

하다못해—.

하다못해 탄환 마법을 날릴 수만 있다면 에어와 데드림이 활로를 열어주리라—.

'——.'

숙고의 끝에.

"에어. 예비용 스티어링 핸들을 넘겨줘."

"레인……?"

“이 기체로 포격을 날리겠어.”

레인은 조종석 측면에 장착되어 있는 예비용 스티어링 핸들을 손에 잡았다. 그 꼭대기 부분에 잠금 해제용 방아쇠가 있다. 휠을 돌리면 포의 방향을 자유롭게 변경할 수 있었다.

꽉 누르면 발사된다.

『포문형』— 인간이 아닌 기계를 매개로 하는 포격이.

‘기본은, 라이플로 쏠 때와 똑같아—.’

한 차례 실제 사용해서 위력 및 정밀도는 확인을 마쳤다. 정확하게 기동시킨다면 통상의 탄환 마법과 비슷한 수준의 포격이 가능할 테고, 직격시키면 격추도 충분히 기대할 수 있다.

이 방법이면 약해진 힘으로도 방아쇠를 한 번만 눌러서 공격을 펼칠 수 있다.

‘이걸로, 두 기를 격추하면……!’

활로가 열린다.

레인은 의식을 집중시켰다.

엑세리아 간의 공방은 여전히 계속되는 중이었다.

이쪽은 이미 방어전으로 몰린 채 오로지 탄환 마법의 직격만 피하자는 상태가 이어졌고, 데드림의 전이도 여섯 기에 포위당한 상태에서는 회피밖에 못하고 있다.

달리 말하면, 현 상황은 적도 오로지 공격에 집중하고 있다는 의미였기에.

‘노리려면—.’

레인은 방아쇠를 손에 잡아서.

'적의 회피가 지체됐을 때—.'

숨을 토했다.

사고가 점점 맑아진다.

그리고 레인의 『공각질』이 예지했다.

—후방에서 한 기가 닥쳐든다.

데드림의 불가사의한 회피를 경계하는 까닭인 듯, 적기는 얼마 전부터 적극적으로 거리를 좁히려 하지 않았다. 상황을 살피면서 바로 뒤쪽으로 달라붙는다.

그러나 그런 위치의 선택이.

'지금이다—.'

명암을 갈랐다.

레인은 후방으로 포문을 돌렸다.

그리고 방아쇠를 당기는 동시에, 주포에는 열량이 집중되고—.

순간, 포문에서 열량포가 발사되었다.

그 직선적인 공격은 적의 예지에 관측되어 회피당한다. 그러나 빗나갔던 공격은 허공을 갈라 나아가다가 이윽고 지면에 직격한 동시에— **반사됐다**.

"억!"

적병이 눈을 부릅뜬다.

다음 순간.

"—읏."

폭음이 울려 퍼졌다.

분명 빗나갔던 포격이 다시 튕기자 미처 대처하지 못하고 직격당한 기체가 터져 나갔다.

그 광경을 보고.

"—흐음."

데드림은.

팔라르
"『환경탄(幻硬彈)』인가요……. 솜씨가 무척 좋네요."

감탄의 말을 꺼냈다. 또한.

'역시, 이 기체…….'

그 탄환을 쐈던 레인에게 적기를 격추했다는 안도감 따위 없었다.

오히려 반대다.

—강렬한 의문에 사로잡히게 됐다.

방금 일격을 날렸을 때 확신했던 것이 있었기 때문이다.

레인이 얻은 확신— 그것은 이 기체, 『포문형』 엑세리아가.

'뭔가 있는데…….'

단지 주포만 장착해 놓은 기체는— 결코 아니라는 확신이다.

'제2세대 엑세리아, 여기에는…….'

외양 이상의 성능이 있다.

지금 포격이 반사됐던 까닭은 분명 레인이 발동했던 탄환 마법 『환경탄』의 효과 덕분이다.

다만 본래는 통상의 탄환이기에 발동할 수 있는 마술.

방금 전 레인처럼 포격하는 순간 잠깐만 마술의 이미지를 떠올렸을 뿐인데 효과가 발동하는 것은 이론상 말도 안 되는 결과였다.

그러나— 발동했다.

몇몇 제한된 마도사밖에 발현할 수 없는 마술.

그것이 기계를 매개로 하여 일어났다.

'……'

탄환 마법이 연구되었던 역사 속에서 한 번도 확인된 적 없는 기술이다.

'나는—.'

바닥을 알지 못할 병기에 탑승한 것이 아닐까?

그런 예감이 치달린다. 어쨌든 간에.

'지금은—.'

사고를 전장으로 되돌린다. 한 기가 파괴됨으로써 나머지 다섯 기의 움직임에 동요가 나타났다. 다음 적을 격추하자면 이토록 좋은 기회를 놓칠 순 없었다.

레인은 다음 표적에게 포문을 겨눴다.

한 기가 파괴되어 진형이 무너짐으로써 이제껏 완벽한 연계를 선보였던 배치에 허점이 발생하고 있다. 기체 다수로 포위하자면 진로를 막기 위하여 전방에 집중하는 배치를 취할 테지만, 뒤쪽으로 붙어 다니던 기체가 격추됨으로써 포위망에 명확한 구멍이 생겨났다.

또한 막 뚫린 구멍을 메우기 위해 빈 공간으로 뛰어드는 기체가 있었지만.

'……좋아.'

레인은 그 기체를 다음 표적으로 정했다.

1초 이하의 시간이었지만, 측면을 이쪽으로 완전히 노출시켰기 때문이다. 방금 전과 마찬가지로 레인은 방아쇠를 손에 잡아서 조준을 마친 뒤, 최적의 타이밍에 적 기체를—.

'지금이다—.'

포격하려고 했다. 이 기체의 포격에는 마도사의 힘이 반영됨을 알았기에 위력을 높이기 위해서 레인 본인의 마력을 담아 방아쇠를 당기고자 했다.

그런 찰나였다.

'윽—.'

레인은 제 손을 멈췄다.

그 이유는 망설임이나 두려움이 아닌— 순수한 위험 때문에.

포격하려던 순간 『죽음의 예감』이 치달았다.

'뭐야—.'

죽음의 예감— 딱히 적측의 공격이나 탄환 마법에 의한 결과가 아니었다.

레인이 무의식중에 손을 멈춘 까닭은 마력을 담아 포격하려던 순간, 방대한 마력의 팽창에 의해 포문이 폭발할 것을 『공각질』이 예지했기 때문이었다.

레인의 심장이 빠르게 뛰어오른다.

'만약에, 지금, 사격했다면—.'

—자폭했겠다.

그 위기를 직전에나마 피하여 안도했다. 그만큼 비정상적으로 많은 열량이 살짝 마력을 담았을 뿐인데 기체에서 생성되었다.

'……'

역시 이 기체는 다르다. 강대한 힘을 감추고 있을 테지만, 한 번만 실수하면 자신마저 파멸로 몰아넣을 위태로움도 다수 보유하고 있다.

아울러 그런 무지함으로 인하여 지금 막 절호의 기회를 잃어버렸다.

잠깐의 광명이 사라져 가는 것을 레인은 몸소 목격하면서.

'제길—.'

지금 상태에서 또 빈틈을 만들려면 얼마나 더 걸릴까.

후회하던— 그때였다.

"아, 이런 거리라면."

뒤쪽에서 울려 퍼지는 목소리.

담담히 선언한다.

그것은.

"제가 움직이면 그만이었군요."

데드림의 목소리였다.

또한 한마디 말을 마치는 동시에.

적기의 위에 데드림이 우뚝 서 있었다.

"안녕히."

―20미터의 권내.

나타나는 동시에 데드림은 손에 든 군도를 휘둘러서 조종수 남자의 머리를 단 일섬으로 날려버렸다. 눈썹 위부터 측두부를 따라 칼날을 박아 양단하여 남자의 안면이 싹 날아간다.

단면에서 혈액이 분출되었다.

적색이 피어난다.

곧이어.

"미안하지만."

데드림은 동승해 있던 또 한 명에게로 도약한 뒤.

"이 기체는 받아 가겠습니다."

역사선 베기로 또 한 사람, 적병의 몸통을 베어 올렸다. 대각선으로 몸통을 찢는 한 번의 칼부림에 의하여 적병의 선혈이 바람 방향으로 달라붙었지만, 데드림은 피가 쫙 튀어올라서 묻어도 동요하지 않았다.

동요는커녕 남자의 머리를 붙들어서 좌석 바깥으로 온몸을 쓱 끌어 올리더니.

남자의 시체를 안아 들었다.

"이것을 보면 도망쳐줄까요."

아니, 그것은 아직― 시체는 아니었다.

몸통이 크게 갈라진 채 단면에서 혈액이 용솟음치듯 흘러나오지만.

"꺼, 윽……!"

살아 있었다.

신음 소리를 흘리는 남자.

그러나 데드림은 신음에도 아랑곳 않고 남자의 육체를 물건처럼 들어 올리더니.

"현명하면 좋을 텐데요."

—몇 초가 경과.

적기는 거리를 좁히려 하지 않는다. 나머지 네 기가 모두 선회하며 주행할 뿐 방금 전처럼 연계하는 행동을 취하려 하지 않는다. 한 기가 격추되고, 또한 한 기가 노획됨으로써 6대 1에서 4대 2라는 구도가 만들어졌기 때문에 판단 내리기를 망설이고 있을 것이다.

—철수해야 하나 말아야 하나.

다만.

"흠……. 감질나네요."

가만 기다리지 못하고.

데드림은 안아 든 남자의 배를 등 방향으로 찔렀다. 게다가 한 번이 아니라 천에 바늘을 넣는 것처럼 몇 번이고—. 물론 살아 있었던 적병은 절규하며 몸을 비틀었지만, 그럼에도 데드림은 익숙한 손동작으로 몸의 구멍을 늘려 나갔다. 다만 끝까지 죽이지는 않는다.

급소를 의도해서 피하고 있다. 이윽고.

"……."

나머지 네 기는 철수를 개시했다.

4대 2라는 상황에서 승리할 수 없다고 냉정하게 판단한 까닭인지, 아니면 데드림이 보여준 처참한 처형식이 상대의 전의를 꺾은 까닭인지. 알 수는 없지만— 어쨌든 간에.

'—이, 이겼어……?'

결국 끝났다.

6대 1이라는 국면을 극복하고 설산의 국지전은 레인 일행의 승리로 끝났다.

또한 이제부터는 오로지 최단 루트로 설산을 탈출하면 된다. 레인의 상처는 여전히 위중한지라 최고 속도로 하산해도 살아날 수 있을지 의문이지만, 그럼에도 가능성은 부지시켰다.

—그래.

—그러니까.

이제는 단지— 이동만 하면 될 텐데.

'……역시.'

레인은 상황을 이해했다.

제자리에 남은 두 기체 모두가— 움직이지 않는다.

에어와 레인이 탑승한 동방의 기체도, 데드림이 적에게 약탈한 뒤 이스나와 함께 탑승한 기체도 단 1미터조차 제자리에서 움직이지를 않고 가만히 정지되어 있다.

그리고 그런 대립이 풀렸던 것은— 10초가 지난 뒤.

『—에어.』

데드림의 무선 통신이었다.

『제 탄환 마법은 대단히 강력합니다.』

냉담한 말투.

다만 평소의 데드림과는— 미세하게 달랐다.

『이름은 수정의 탄환. 처음 발동했을 때 그 이름만이 뇌리에 스쳐 갔습니다.』

청색을 띠며 전이를 관장하는 탄환.

명칭은『수정의 탄환』—배경이 되는 신성은『수정족(水精族)』.

『어느 정도의 제한은 있어도 국지전이든 암살이든 이것 하나로 국면을 바꿀 수 있습니다. 따라서 이 탄환에 대해 아는 인간의 존재는 리스크에 지나지 않죠.』

통신하면서 두 기는 마주 바라보는 위치를 잡았다. 데드림은 아직 완전히 죽지 못한 남자를 안은 채 포수석에 서고, 이스나는 비틀거리며 조종석에 앉는다.

『그리고 무엇보다도— 제2세대 엑세리아.』

데드림은.

『정체불명의 부대까지 나타나 노린 강력한 신병기— 저희가 손에 넣어야 할 수단임을 확신했습니다. 이스나와 바꿀 순 없었습니다만, 적 세력을 물리친 지금 이스나에게는 시간의 여유가 생겼군요.』

담담하게 말을 이어 나가는 중에 에어와 레인은 절실하게 실감했다.

그것은 데드림이라는 존재가 발출하는— 명확한 살의.

에어는.

"데드림."

통신으로 답신을 했다.

“나는 너랑은 싸우고 싶지 않아.”

『예?』

“나는 널 이해할 수가 없고, 이해하고 싶지도 않아. 다만, 어쨌든 간에 같은 망령으로 다짐한 목적은 무엇 하나도 다를 게 없다는 걸 알아.”

데드림은 어젯밤 분명 말했다.

이 전란을 끝내겠다.

자기 자신과 이스나를 전쟁의 주박에서 해방시키겠다고.

어젯밤 데드림과 나눈 대화와 진심에는 거짓이 없었다. 저 소녀가 세계에 품은 증오는 틀림없는 진실이다. 그렇다면 이 곳에서 서로가 죽고 죽이려 할 필요는 전혀 없잖은가.

—아니, 그뿐 아니라.

단지 싸우지 않을 뿐 아니라 어쩌면 함께 싸워 나아갈 수도—.

하지만.

『아니요, 에어.』

데드림은 고개를 가로저었다. 에어가 말을 꺼내기 전에.

『만약에 만난 상황만 달랐다면, 어쩌면 또 다른 길도 있었을 거예요. 다만 지금 와서는 이룰 수 없는 바람이죠. 제2세대 엑세리아는 저희 계획에 필요하고, 물론 당신들도 결코 넘겨줄 순 없는 입장이에요. 무엇보다 중상을 입은 이스나— 이 남자를 구하기 위해서는 저는 동방국으로도 서방국으로도 돌아갈 수 없습니다.』

데드림은 서방국을 이미 배반했다.

동방국에 치료를 요청한들 중상의 망명 장교 따위야 결코 받아주지 않을 것이다. 구해내려면 자기 다리를 움직여서 타국으로 넘어가야만 한다.

『저 역시 에어와 싸우고 싶진 않아요. 같은 목적을 가진 사람이고, 선량한 마음을 가지고 있는 당신은 분명 희귀한 존재라는 걸 알아요. 그러나, 상황이 결국 이렇게까지 된 지금 와서는— 전부 과분한 바람이겠죠.』

말을 건네면서 데드림은.

『그리고 지금은 제2세대 엑세리아를 손에 넣을 수 있는— 최대이자 최후의 기회.』

붙잡아 들고 있었던 남자에게서 손을 떼더니.

『기체를 손에 넣을 수 있어요. —당신들 두 사람만 사라진다면.』

군도를 옆으로 휘둘러서 베어 냈다.

남자의 몸통을 토막 냈다. 치즈에 칼날을 누른 것처럼 육체가 절단되었고, 또한 곧바로 기체에서 떨어지다가 쌓인 눈바닥 위로 적병의 시체가 널브러졌다.

충격이 강한 광경.

보통은 눈을 돌렸을 테지만, 그래도 결코 시선을 떼지 않았던 레인은.

'—큭.'

포착했다.

데드림이 피에 가려진 사이에, 권총을 손에 쥐는 모습을.

"—레인!"

에어는 이름 불러서 주의를 촉구하는 동시에 엑세리아를 후방으로 반전시켰다.

곧이어 최대 출력으로 데드림과 이스나에게서 거리를 벌린다. 그 과정에서 에어와 레인은 구태여 뒤를 돌아보지는 않았다. 강렬한 죽음의 기세가 틀림없이 뒤로 따라붙었기 때문이다.

7. vs 데드림

에어가 곧장 도망친 곳은 삼림이었다.

—데드림의 강습.

후방을 보니 백색의 엑세리아가 추적 중이다. 조종수로 앉아 있는 이스나는 익숙하지 않을 기체를 적확하게 다뤄서 거리가 벌어지지 않도록 바짝 따라오고 있었다.

방금 전 데드림은 시간에 여유가 있다 말했었지만, 이스나의 상처가 몹시 위중하다는 것은 이미 확인했다. 그럼에도 그의 조종에는 일말의 흐트러짐도 존재하지 않았다.

상당한 실력자다.

데드림의 파트너.

이스나 콜.

평범한 마도사를 자처했었지만, 만전의 상태라면 에이스급의 전력일 것이다.

게다가 데드림이 죽은 10년 전부터 전장을 전전했다면 경험도 상당히 쌓았을 테지. 데드림의 탄환을 활용하기에는 충분한 조종 기술을 보유했다.

한편 추적당하는 에어와 레인에게는 반격의 수단이 없다.

레인은 얼마 전부터 도저히 총을 사용할 수가 없는 처지였고, 에어도 여섯 기를 상대로 엑세리아 전투를 펼친 직후다.

조종의 정밀도가 저하되었다.

아울러 사지에서 맞붙게 된 상대는.

"아! 레인."

망령— 데드림.

"꽉 잡아!"

에어가 외친 직후에, 진로 방향에서 거대한 수목이 내리쏟아졌다. 충돌하기 직전에 급제동하여 아슬아슬하게 전부 회피했지만, 거의 나자빠지는 듯한 반동을 동반했기에.

'큭—.'

떨어지지 않기 위해서 레인은 사지에 힘을 주었다. 힘을 넣었던 탓에 상처의 통증이 더욱 강해졌지만, 간신히 견뎌 자세를 바로잡는 동안에 에어가 기체를 더욱 가속시켰다.

쿵, 수목이 낙하하는 충격이 울려 퍼진다.

크기를 보아 몇 톤은 될 것 같다.

회피에 실패했다면 종이 모형처럼 기체가 짓눌렸을 테지.

그러나 적의 공격은 한 번으로 끝나지 않았다.

곧바로 지체 없이 대량의 수목이 레인과 에어에게 쏟아져 내렸다.

끊임없이 거목이 낙하해서 진로를 방해하는 위치에 출현한다.

굳이 뒤돌아보지 않아도— 뻔한 일이다.

'데드림……!'

수목들은 전부 데드림의 공격.

삼림에 자라난 수목을 『수정의 탄환』으로 전이시켜서 처치하겠다는 속셈이다.

거대한 장해물은 전부 데드림의 무기가 된다.

눈밖에 없는 설원에서는 유효하게 활용하기 어려웠지만, 온갖 나무를 비롯하여 다량의 장애물이 굴러다니는 삼림은 데드림의 영역이다. 거대한 질량은 그 자체로 무기가 된다.

그 맹공을 에어는 어찌어찌 계속 피했지만, 싸우기 전부터 알고 있었다.

—버티기도 어렵다.

이쪽에는 공격 수단이 없다.

탄환 마법은 일정 숫자를 갖춰 사격하지 않으면 의미가 없다.

이 기체, 『포문형』의 보조를 받더라도 사격 가능한 탄 수는 이제 몇 발도 안 남았다.

'—생각해라.'

레인은 사고를 바짝 곤두세웠다.

에어는 회피에 신경을 집중시키고 있다.

이 상황에서 활로를 찾아내는 것이 자신의 역할이다.

'무엇인가—.'

무엇인가 없는가.

전이— 자유롭게 이동을 반복하는 적에게 확실하게 탄환을 쏘아 맞히는 방책.

정면 사격을 명중시키기는 불가능하다. 착탄 순간에 적은 기체만 이동시켜서 공격을 무력화할 수 있다. 그것은 방금 전 설원의 공방에서 거듭거듭 목격했었다.

정공법은 불가능하다.

그럼 약점은―?

레인은 데드림이 직접 꺼냈던 말을 되새겼다.

『이동 거리가 20미터를 넘기면 정밀도가 급격히 나빠지거든요.』

적은 숫자이나마 『수정의 탄환』을 제약하는 조건.

단지 물질을 전이시키자면 거리는 무제한이지만, 물체의 상하를 조정해야 할 경우는 근거리로 제한받는다. 그러한 이유 때문에 주행 중의 엑세리아는 먼 곳까지 전이시킬 수 없다.

반대로 말하자면 정밀도를 개의치 않을 경우는 무적이다.

아무리 먼 거리여도 일순간에 날릴 수 있다.

그렇다― 제아무리 멀리 떨어졌어도.

'―음?'

그런데, 거기까지 사고를 하던 때였다.

레인은.

'아무리 먼 거리도, 날릴 수 있다―?'

무엇인가 의문을 느꼈다.

곧장 생각을 돌이켜본다. 자신은 무엇인가 지금 정리했던 정보 중 위화감을 느낀 부분이 있었을 것이다. 무엇인가 논리에 들어맞지 않는 자그마한 의혹을 발견했다― 분명한 감각.

'뭐지……?'

생각하는 동안에도.

'나는 지금 무엇에 의문을 느꼈지……?'

데드림의 맹공은 이어졌다.

끝이 보이는 체스처럼 에어의 회피 패턴이 점점 차단되어 간다. 이제 몇 수의 공방이 더 이어졌을 때는 회피의 선택지가 전부 차단되는 공격을 날릴 것이다.

레인은 뒤돌아봤다.

50미터 앞쪽의 삼림.

추적하는 기체가 있다.

데드림은 그 거리에서 수목 및 암석을 날려 보내지만.

'그래—.'

그 광경을 보고— 레인은 겨우 깨달았다.

'데드림은, 어째서—.'

어제의 전말을 회상한다.

열차가 폭파되어 벼랑 아래로 추락함에 따라 설산을 탈출해야 했던 네 사람.

그런데 데드림은.

'어째서, 추락했던 직후—.'

특수한 탄환을 가지고 있다.

그러나 적이 숨겨 놓았던 약점을.

'—전이해서 벼랑을 올라가지 않았지?'

레인은 깨달았다.

'데드림은— 어째서 탄환의 힘으로 벼랑을 올라가지 않았지?'

물체를 자유롭게 이동시키는 탄환.

그 힘을 행사한다면 벼랑 아래에서 선로로 되돌아갈 수 있어야 했다. 아울러 선로만 쭉 따라갈 수 있다면 설산 속을 전진할 필요도 없이 최단 거리로 탈출이 가능했을 것이다.

'제2세대 엑세리아를 빼앗기 위해 남았다―?'

아니, 다르다.

그러자면 설산에 남는 위험을 무릅쓰지 않고 냉정하게 몸을 빼낸 뒤 다음 강탈의 기회를 노렸으리라. 제2세대 엑세리아는 귀한 병기이지만, 딱히 단 한 기만 있는 것은 아니잖은가.

'그럼 이스나를 위해서―?'

역시 아니다.

이스나의 생명을 우선하자면 오히려 곧장 선로의 위로 돌아가서 최단 경로를 밟아 설산에서 빠져나갔을 것이다. 또한 그 밖의 온갖 이유를 떠올려봐도 어제 상황에서 벼랑을 올라가지 않을 선택지는 없었다.

요컨대― 무엇인가 있는 셈이다.

데드림은 전이하지 않았던 것이 아니다.

―할 수가 없었다.

그 이유가 분명히 있다.

'……'

이제껏 얻은 정보로 레인은 차차 해답을 이끌어 낸다.

―설산.

―고립된 네 사람.

―제2세대 엑세리아.

―소속 불명의 부대.

—어디까지든 물체를 날릴 수 있는 마법.

그리고— 눈보라가 불어닥치는 설산.

'설마.'

레인은 퍼뜩 놀라서 하늘을 올려다봤다.

눈구름에 뒤덮여 있는 풍경이었다.

물론 눈이 내리고 있다.

안개가 끼었다.

먼 곳까지 내다보고 싶어도 하얗게 낀 엷은 구름에 막혀버린다.

어제와 다를 바 없이—『시야가 제한된 하늘』.

"—에어."

확신한다.

레인은 하나의 가설을 도출했다.

"뭐야, 지금은."

"내 계책에 따라줘."

이렇듯 한 발 한 발 죽음에 내몰리고 있는 현 상황에서.

"데드림을 처단한다."

저 살육의 망령을 막아 낼 방책.

"……뭔가 심술궂은 생각을 떠올렸나 봐."

"타이밍이 중요해. 한 순간이라도 어긋나면 끝이야."

"맞춰주면 되잖아? 말해봐."

레인은 에어에게 들려줬다.

이제껏 겪은 과정에서 추측한 데드림의 약점.

그리고 그 약점을 찌를 계책에 대해.

이야기를 다 들었을 때 에어는.

“확실히 승부를 걸 가치는 있겠네. 적어도 의표는 찌를 수 있겠고.”

“그러면, 제일 중요한 게 타이밍인데.”

“이렇게 몸을 가까이 붙인 상황이면 간단하잖아. 팔에 힘이라도 넣어줘.”

그 말에 레인은 가슴께를 내려다봤다.

하나의 탑승석에 두 사람이 올라타서 레인은 에어를 다리 사이에 앉힌 채 팔을 뻗어서 포격의 방아쇠 따위를 당겼던지라 에어의 몸이 바짝 붙어 있었다.

변함없이— 작은 몸.

그러나 이렇듯 작은 육체는 급박한 위기에 처하고도 어떤 무엇보다 마음이 든든하다.

‘에어—.’

간절하게.

이 소녀를— 잃어버리고 싶지 않다고.

마음속에서.

강한 감정이 나타난다.

그리고 그 진심이 지금 성공 여부도 알 수가 없는 작전을 앞두고 공포를 누그러뜨렸다.

—승부다.

“갈게.”

에어가 먼저 신호의 말을 걸어줬다.

이제껏 나무들을 회피하며 엑세리아를 직진시켜왔지만, 신호하는 동시에 에어는 액셀 페달에서 발을 떼더니 클러치 레버를 쭉 끌어 올린다.

'윽—.'

급브레이크.

그러나 기체는 제지하지 않는다. 반동과 동시에 도약해서 공중으로 떠오른 뒤 기체의 방향을 정반대로 전환시켰다. 또한 착지한 뒤 곧장 후방으로 주행을 개시했을 때.

'좋아—.'

주포가 방향을 바꾼다.

후방에서 쫓아오는 기체— 데드림과 이스나가 탑승한 엑세리아로.

한편 상대는 위축되지 않았다. 단박에 거리를 좁혀 다가든다. 그 행동은 설령 정면에서 포격을 날리더라도 회피 가능하다는 자신감의 표출이었다.

거리는 40미터.

데드림은 큰 질량의 물체를 부딪칠 수도 있지만, 거리를 좁힌 뒤 직접 검을 휘두르는 공격도 가능하다. 이 이상 접근당하면 적의 영역에 들어간다.

다만— 조금만 더.

조금만 더, 끌어들여야 했다.

38미터…… 35미터…… 30미터—.

“제동할게.”

에어가 브레이크를 꽉 밟았다.

단박에 거리가 좁혀지면서.

―25미터.

‘지금이다―.’

순간, 레인은 포격 방아쇠를 당겼다.

제2세대 엑세리아의 주포에서 열량포가 발사되었다.

―지면을 향해.

“흡!!”

폭음이 울려 퍼졌다. 그러나 결국 적기에 명중하지 못하고 지면에 명중해서 탄환이 작렬했을 뿐이다. 데드림과 이스나의 기체에는 흠집 하나도 없다.

그러나 목적은― 빗나가지 않았다.

주위에 대량의 하얀 연기가 피어올랐기 때문이다.

『어떻게……!』

무전기에서 데드림의 경탄한 목소리가 울려 퍼졌다.

저 하얀 연기가 노려서 일으킨 현상임을 알기 때문일 테지. 강렬한 열량포의 여파 때문에 일순간에 기화한 눈이 곧바로 냉기에 닿아 생성되는― 대량의 안개.

그것은 주위 수십 미터를 뒤덮는 짙은 연막이 되어주었다.

아울러.

'—예상한 대로.'

레인은 하나의 가설이 옳았음을 증명했다.

즉 이토록 갑작스러운 교란에 당했는데도 불구하고 데드림은 현 위치에서 이탈하기 위해 『수정의 탄환』을 사용하여 기체를 전이시키지 않았다는 것—.

아니—.

'못 하는 거야.'

움직일 수 없었다는 것.

그리고 지금 전이를 방지하는 것은 주위를 뒤덮고 있는 흰 연기였다.

'데드림은, 잘 보이는 장소가 아니면 물질을 전이시키지 못한다……!'

레인이 세웠던 가설.

그것은 『전이에는 무엇인가 조건이 있지 않은가』라는 내용이었다.

그리고 해당 조건을 만족시키지 못했기 때문에 데드림은 벼랑을 오를 수 없었다.

그렇다면 당시의 어딘가에 있었을 것이다.

데드림의 탄환을 방해하는 요인이.

그리고.

'정말 가설이었지만……'

요컨대『시야』였다.

어제는 악천후 때문에 안개가 가득 끼었고, 벼랑 위쪽을 내다볼 수가 없었던 탓에 데드림은 하는 수 없이 레인 및 에어와 동행해서 설산을 탈출하는 길을 선택했다.

즉 데드림의 탄환을 봉인하는 방법.

그것은『시야를 봉인하는』것이었고.

『……이스나!』

이쪽의 목적을 알아차렸을 테지.

조종수 이스나에게 지시해서 데드림은 기체를 전진시켰다.

20미터—.

본인의 간격으로 진입하기 위함이었다. 그 거리에서 레인과 에어를 육안으로 확인한다면 자기 자신을 전이시킴으로써 직접 베어서 죽일 수 있다.

그러나, 그 행동도.

'걸려들었다.'

레인은 이미 예측했다.

손에 다시금 사격 방아쇠를 쥔다. 그러나 방금 전처럼 곧장 사격하지는 않았다. 이대로 통상의 공격을 시도한들 상대는 에이스급의 조종수인 이스나다.

평범한 포격이라면 이런 거리에서도 회피한다.

그리고 같은 기책이 두 번이나 통할 리 없었다.

지금 일격으로 처단한다. —만약에 실패한다면 죽는 것은 이쪽이다.

그래서 더더욱, 날릴 필요가 있었다.

—회피할 수 없는 일격을.

'지금이다—.'

레인은 마도사로서 『탄환 마법을 발사하듯』 의식을 집중시켰다.

순간.

'—끅.'

열이 팽창한다.

통상의 포격과 달리 강력한 열량이 포신에 충전되는 것을 감지했다. 설원의 공방 때는 이렇듯 압도적인 열량에 공포심부터 품었던 탓에 도저히 발사할 수 없었다.

그렇지만 제어만 가능하다면—.

모방해서 만든 기체가 아니다.

이 포격이야말로 『포문형 엑세리아』의 진정한 성능이라면—.

'지금이다—.'

레인은 방아쇠를 당겼다.

그 순간 발사되었던 일격은.

"크—."

강렬한 섬광.

—눈앞의 삼림을 날려버렸다.

주포에서 발사된 열량포는 통상의 탄환 마법을 아득하게

상회하는 출력을 자랑했다.

방금 전까지 눈이 내려서 쌓여 있었던 삼림은 안쪽으로 수백 미터 앞까지 지면이 파헤쳐졌고, 단지 열선이 스친 수목이어도 숯덩이가 되어버렸다.

적어도 내다볼 수 있는 범위의 절반 이상을 일순간에 초토화시킨 격이었다—.

방금 일격은.

'—도대체, 뭐야.'

레인은 힘을 모조리 짜낸 뒤 방아쇠에서 손을 떼는 와중에도.

'이딴 병기가, —존재해도 되나?'

의식은 본인이 날린 주포에 대한 경탄에 파묻혀 있었다.

'확실히 고위력의 포격이 될 줄은 예상했지만…….'

예상의 열 배를 뛰어넘은 화력.

시야에 들어오는 범위의 삼림 전부를 모조리 불태운다? 대체 얼마나 대단한 성능이란 말인가. 이런 기체가 전장에 대량 투입되었을 때 어떠한 참상이 만들어질 것인지—. 상상도 할 수가 없었다.

그리고 그 주포의 직격을 당한 데드림의 기체도.

'……핵은으로 만든 장갑이.'

걸쭉걸쭉 녹아내려서 저 멀리 나동그라졌다.

수천 도의 열선에도 견딜 수 있다는 그라이멀 핵은으로 만든 장갑도 포문형의 주포 앞에서는 무력했기에, 불길에 닿은 사탕처럼 녹아서 맥없이 나가떨어졌다.

이토록—.

이토록 파격적인 성능의 기체였나— 제2세대 엑세리아는.

전율한다. 하지만, 그럼에도.

"레인."

"……그래."

가만있어도 되는 상황이 아니었다. 에어에게 재촉을 받아 레인은 곧 기체에서 내린 뒤 바닥에 다리를 댔다. 동시에 격통이 치달았다. 가슴의 상처에서는 또 피가 흘러나오고 있다.

비틀거리자.

"자."

에어가 어깨를 부축해줬다.

"얼마 안 남았어. 마지막으로 할 일은 하나뿐."

"……그래."

레인은 에어에게 부축을 받아 걸어서 다가간다.

목적지는 저 멀리 데드림의 기체가 나동그라져 있는 곳.

도착하는 동시에.

"……."

온몸이 검은색으로 바뀐 이스나의 시체가 보였다. 본래 생김새를 알아보지 못할 만큼 녹아내렸기에 차마 똑바로 바라보지도 못할 주검이 됐다. 아울러 옆쪽에는 나란히.

"데드림……."

흑의의 소녀도 쓰러져 있었다. 이스나만큼 온몸은 아니지만 몸의 세로 절반이 흐물흐물 문드러졌다. 아마도 포격을 맞은 순간에 몸을 옆으로 돌렸을 테지.

그 행동이 급소를 피한 까닭일까.

"으……."

아직 살아 있었다.

임종은 시간문제일 테지만― 그럼에도, 몸 절반이 문드러졌는데도 아직 호흡을 하고 있다.

"레인."

에어는 상태를 쓱 보더니.

"사용 여부는 네게 맡길게. 결단은 혼자 내려야지."

판단을 일임해줬다.

"데드림을 악마의 탄환으로 쏴―. 그러면 제2세대 엑세리아는 무사히 운반한 셈이 될 거야. 망령 데드림은 존재 전부가 사라질 테고, 설산에서 겪었던 일도 모조리 사라질 테니까."

"……."

악마의 탄환.

쏘아서 죽인 인간의 존재도 공적도 모조리 다 지워 없애는 초상의 탄환 마법.

은빛 탄환으로 이 망령을 쏜다.

그러면 설산에서 일어났었던 일련의 소동마저 전부 사라질 테지. 주행하는 열차에 엑세리아와 함께 뛰어오르는 황당한 기습은 달리 아무도 시도할 수 없다.

또한, 무엇보다도.

'상처가―.'

레인의 가슴에 뚫린 큰 구멍은 이미 대부분의 체력을 빼앗아 갔다. 지금은 에어에게 부축을 받아 서 있지만, 서로 떨어지면 곧장 쓰러질 테지. 불과 한 시간도— 살지 못할 것이다.

따라서.

"데드림."

레인은 자신의 상처를 만든 소녀에게 권총을 겨눴다.

탄창에 장전한 것은—『은색의 탄환』.

"너는 전사였어."

이미 권총을 쥐는 동작조차 버거웠지만, 레인은 최후의 전별 삼아서 힘을 주었다.

그리고 방아쇠를 당기려고 했다.

그때였다.

"윽—!"

흔들, 레인의 왼쪽 다리가 균형을 잃고 무릎 꿇는다.

무엇인가에 닿은 감촉과 함께 왼쪽 다리를 내려다보니.

"잠깐만, 기다려줘요……."

그곳에는 레인의 다리를 붙든 존재가 있었다.

"하하, 죽은 시늉도, 제법, 할 가치가, 있습니다……."

레인의 다리를 덥석 붙들었던 인물은 온몸이 불타버린 이스나였다. 이 남자가 입은 상처는 틀림없는 치명상— 다만 피안의 너머로 가려면 아직 약간이나마 시간이 있었다. 그리고.

"덕분에, 재미있는 이야기를, 듣게 됐군요……."

"이스나, 너……."

"……악마의 탄환, 입니까."

타버린 피부가 오므라들어서 제대로 몸을 움직이기도 버거울 테지.

망가진 목에서 나온 목소리도 잔뜩 쉬어버렸지만, 그럼에도.

"망령……. 불가사의한 탄환을 갖고 있다는 건, 알았습니다만……. 그렇다 한들, 쏘아서 죽인 인간의 존재를 지우는, 탄환이라니요……. 하하, 정말로, 사기적이군요……."

이스나는 레인과 에어가 나눈 대화를 듣고 있었다.

악마의 탄환— 인간의 존재를 지워 없애는 탄환에 대해서도.

그리고 그 탄환을 써서 데드림을 처단할 작정이라는 사실도.

'……'

레인은 다리를 붙든 이스나는 아랑곳 않고 데드림에게 다시 총구를 겨누었다.

그러나.

"윽!"

다리를 붙든 힘이 바이스처럼 강해졌다.

죽음을 앞둔 인간 같지가 않은 이스나의 힘에 레인은 시선을 내린 뒤.

"적당히 좀—."

"……그 탄환으로 쏘아 죽이려면, 저를 쏴주십시오."

"……무슨 소리야."

"제가 사라지면…… 아예 없었던 사람이 되면…… 망령 데드림은, 태어나지 않습니다."

이스나 콜.

10년 전 데드림을 잃어버렸던 소년은.

“이 아이는, 그냥 되살아났던 게 아니에요……. 강한 후회가 남았기 때문에, 다시, 이 세상에 나타났습니다. 그리고, 그 강한 후회란, 아마— 제 앞에서 죽었던 것일 테죠.”

망령은 예외 없이 강한 정념을 품는다.

데드림은 생전에 가장 사랑하는 소년의 눈앞에서 목숨을 잃어버렸다. 게다가 기념해야 할 날이었는데도 사소한 언쟁 때문에 싸운 채 후회가 남는 형태로.

“제가 사라지면— 림은, 그대로 죽었을 테죠. 그렇게 끝났을 텐데.”

이스나는.

“망령이 된 림은, 잔학함에 집착하게 됐어요. 옛날에는, 총을 쥐는 것 자체를 좋아하지 않는 성격이었는데, 하필 검으로…… 사람을, 해치는, 짓을……. 자꾸자꾸…….”

목소리가 점점 약해진다.

최후가 명확하게 가까워지고 있다.

“부탁, 합니다.”

그럼에도, 기력을 쥐어짜서.

“저는— 망령이 된 림이, 사람을 마구 죽이는 것을, 용납할 수 없어요……. 생전의, 저 아이의 긍지를 없애는 듯한, 무자비하고, 처참한, 그런— 망령이. 그래도, 저 아이가, 아예 사라지는 것은, 더욱, 견딜 수 없어요…….”

—그러니까.

"저를 지워서 없애면, 망령 데드림만을 처단할 수— 제발, 부탁을……."

다리를 붙든 힘도, 이윽고 약해지다가.

"부탁을, 들어주세요. ……림을, 저 아이의 죄를, 제발……."

이스나의 몸에서 완전히 힘이 빠졌다. 이미 의식은 없을 것이다. 완전히 죽을 때까지 약간의 시간도 없을 테지만, 반대로 말하자면 지금은 아직— 살아 있었다.

"……."

정에 휩쓸릴 순 없었기에 레인은 이스나의 손을 다리에서 풀어냈다.

그리고 쏘아 죽이기 위해 데드림의 곁으로 걸어 다가갔지만.

"잠깐 기다려."

그때 레인을 제지한 것은 에어였다.

에어는 레인의 걸음을 멈춰 세우더니 혼자서 데드림에게 가까이 걸어갔다. 그리고 반신이 문드러져 있는 신체의 바로 옆쪽에 쪼그려 앉은 뒤 훤히 드러난 단면으로 제 손을 집어넣었다.

푹, 소리가 나며 에어의 손이 데드림의 육체에 파묻힌다.

무엇을 할 셈인지. 금방은 알 수 없었다.

그러나 에어가 파묻었던 손을 빼냈을 때.

"찝찝한 기분이네."

그 손에는 탄환 하나가 쥐여 있었다.

피투성이다.

그러나 피의 적색에 섞여서도 그 탄환은 『흑색』의 색채를 띠었고.

'—이건.'

흑색.

검은 탄환이 데드림의 육체에서 나온 의미.

"그 탄환은 뭐지?"

"서약은 탄환이야."

에어는 단언했다.

"서약이라니, 분명……."

"그래. 내가 레인에게 쏘았던 탄환과 같아. 망령이라면 전원이 사용할 줄 아는 탄환 마법이고, 일부의 기질을 부여하는 대신 강제로— 명령을 내릴 수 있게 해주는 탄환."

굳이 설명을 들을 필요도 없었다.

레인이 악마의 탄환을 얻었을 때, 에어는 대가를 받기 위하여 그 탄환을 쏘았다. 에어는 단 한 번밖에 사용하지 않았지만, 마음먹으면 에어는 자신에게 죽음조차 강제할 수 있다.

그러나— 알 수가 없었다.

어째서 저 탄환이— 하필이면 망령 데드림의 육체에서 나왔나?

"간단한 거야."

에어는 이를 갈았다. 그 행동에 담긴 감정은— 분노.

"데드림은 다른 망령에게 서약의 탄환을 맞았던 거야. 그런 다음에 전장으로 나가 싸웠다는 뜻."

서약의 탄환.

그 탄환을 만들어 쓸 수 있는 것은 망령뿐이지만, 대상은 인간이든 망령이든 상관없다. 또한 그 탄환은 발동할 때 술사의 이름을 탄환에 각인할 필요가 있다.

에어가 피를 닦더니 곧장 탄환에 각인되어 있는 이름을 확인했다.

"이 탄환을 쓴 술사의 이름은? 카이세이? ―카이세이 레이스맨."

카이세이―.

어젯밤 이스나와 나눈 대화에서도 등장한 이름이다.

『뭐, 그것은 카이세이라는 남자가 데드림에게 싸울 자리를 계속 준비해줬기 때문입니다만.』

데드림을 지원하는 존재라면서.

그리고 그 이름에는.

"카이세이……. 데드림이 말했던 사람인데, 여기에―."

에어도 들은 기억이 있는 눈치였다.

'…….'

갖춰진 것은 상황 증거뿐이다.

그러나― 이러한 단서가 손에 들어온 지금, 어쩔 수 없이 사고가 앞서 나간다.

이스나는 말했다.

『옛날에는, 총을 쥐는 것 자체를 좋아하지 않는 성격이었는데, 하필 검으로…… 사람을, 해치는, 짓을……. 자꾸자꾸…….』

데드림은 바뀌었다고.

전투에 임할 때마다 생전과 다른 모습으로 행동하게 되었다고.
만약—.
만약 그러한 변화가 데드림이 맞은 탄환에 의해 발생했었다면— 본인마저 자각을 못한 채 인격마저도 변모되도록 명령을 받은 상태였다면.
"카이세이라는 남자가— 데드림을 전장으로 내몰았다……?"
"증거는 없지만 말야."
맞는 말이었다.
결국 추측의 영역을 벗어날 수 없다. 하지만.
"다만 그렇게 생각하는 게 자연스러워. 게다가, 이게 전부는 아니야."
말한 뒤 에어는 자신의 가슴께에 손을 가져갔다.
곧이어 꺼내 든 것은 항상 목에다가 걸어 두는— 흑색의 탄환.
그것은 이전에 에어가 자신의 흠이 들어 있다고 말한 물건이다.
"이 탄환은 나를 망령으로 존재시켜주는 이 장신구하고도 닮았어. 만약에 이 탄환이 같은 물건이라면 카이세이라는 남자는 아예 망령이 아니라—."
에어는 잠시 사이를 두었다가.
"—망령 자체를 만들어 낸 존재일지도 몰라."
"그 말은."
"맞아. 내가 100년을 들여서도 얻지 못했던, 망령을 만들어 낸 인물에 대한 첫 번째 단서야. 게다가 대체 왜 망령이 만들어졌는지, 의문을 풀기 위한 돌파구가 될 거야."
뜻밖의 상황에서 얻게 된 정보.
그것은 일체가 불명이었던 망령이라는 존재 자체에 대한 단서였다. 물론 아직껏 판명된 것은 카이세이라는 이름뿐이지만.
"드디어— 드디어 붙잡았어."
에어에게는 하나의 큰 전진이었다.
다만 새로운 정보를 얻은 감개에 잠길 겨를도 없이.
"꺼, 헉……. 쿨럭……!"
데드림이 기침을 하며 입에서 거품과 피를 쏟기 시작했다. 임종이 얼마 남지 않았다. 그리고 악마의 탄환은 죽은 인간에게 쏘아도 효력이 발휘되지 않는다.
결단의 시간이— 가까워졌다.
"……."
레인은 한 차례 눈을 감았다.
그러다가 다시 뜨고는.
"에어."
"뭐야."
"나는 이제부터 올바르다고 판단되는 행동을 할 거야. 그러면 되는 건가?"
"마음대로 해. 나는, 옆에 있어줄 뿐이니까."
—그러면 된다.
악마의 탄환을 갖게 된 인간이 필요로 하는 것은 함께 있어주는 인간이다.

레인은.

"—이스나 콜."

권총을 다시 쥐었다.

그러나 이번에 총구를 겨눈 방향은 지난번과 달랐다.

겨누는 곳은 데드림에게서 몸을 돌린『뒤쪽』.

"비록 존재가 사라지더라도 나는 잊지 않는다. 지옥 밑바닥에서도, 황천의 말로에서도."

총성이 울려 퍼졌다.

장교 이스나— 데드림을 쭉 사모해왔던 남자의 몸에 은빛 탄환이 적중되었다.

순간.

—세계가 개변되었다.

8. 그 세계는

돌아가는 감각—.

암전을 거듭하던 시야가 빙글 돌아간 뒤, 레인은.

자신의 방에 있었다.

'방인가…….'

침대 위에서 누워 잠들었다가 눈을 뜬 처지가 됐다.

그리고 상반신만 일으켜서 가슴께를 내려다보니.

'…….'

데드림에게 입은 상처는 싹 사라져 있는 상태였다.

'……익숙해지질 않는구나, 이렇게 뒤바뀌는 감각은.'

등을 찔려 꿰뚫렸던 상처는 완전히 소실되었다.

꾹, 손가락으로 눌러본다.

섬뜩할 만큼 통증은 없다.

시계를 봤다. 시각은 아침 7시를 막 지난 참이었다. 슬슬 학원생들이 활동을 시작할 시간대이지만, 아직 이때는 바깥에서 작은 소리도 하나 들리지 않는 고요한 아침이었다.

거기까지 생각이 미쳤을 때— 일단 죽음은 회피했다는 사실을 깨달았다.

또한 그것은 장교 이스나가 사라져서 일어난 일이다.

설산에서 겪었던 제2세대 엑세리아 강습 사건은— 소실되었다.

'……최저한의 목적은, 달성했구나.'

이스나가 사라짐으로써 정말로 망령 데드림이 태어나지 않게 되었을지는 알 수가 없다. 세계가 개변되어 어떻게 바뀌었는지, 이 시점에서는 결코 알 수가 없다.

—이제부터다.

이제부터 또 새롭게 바꿔 써놓은 세계에서 정보를 모아야만 한다.

레인은 침대에서 내려와 몸단장을 했다. 본래의 시간축이라면 이제부터 곧 평소와 같이 강의가 시작될 것이다. 그 전에 약간이나마 이 세계의 정보를 미리 모아야할 것이다.

그리고 대강 환복을 마친 뒤 마지막으로 겉옷을 손에 들려고 하던 때.

"……."

옷걸이 옆쪽 소파에서 소복한 모포 덩어리를 발견했다.

안쪽을 굳이 볼 필요도 없다.

모포 한쪽으로 은색 머리카락이 삐져나왔으니까.

"에어."

"안 일어날 거야."

즉각적인 대답. 역시 깨어나 있던 모양이다.

"난, 개변된 곳이 안전한 장소이면 곧장 휴식을 취하는 게 보통이야. 특히 이번엔 어제부터 이것저것 일이 너무 많아서 진짜로, 완전, ……지쳤단 말야.”

“……이 세계의 정보 수집은.”

“나중에 하면 되잖아.”

“괜찮은 건가?”

“방금 막 우리는 처리해 놔야 할 정보가 대량으로 불어난 입장이잖아. 새로운 정보를 얻기 이전에 정리부터 해놓지 않으면 복잡해질 게 뻔히 내다보이는걸.”

“확실히…….”

특히『망령』과 관련된 사안.

그것은 이제껏 얻은 정보와는 성격이 다른— 핵심에 다가갈 수 있는 단서였다.

“뭐, 대충 알아들었지? 나는 한잠 잔 다음에 그쪽 문제를 생각하는 데 집중하면서 당분간 안 움직일 거야. 뭐, 레인이 알아서 정보를 모아 오겠다면 말리진 않을 테니까 마음대로 하든가.”

……혼자서 모아 오라고 은근슬쩍 지시를 한다.

그러나 이런 정도의 방자함이나 제멋대로 구는 모습을 보니 안도된다.

평소의 에어였기에—.

‘……그래, 예전과 똑같아.’

어젯밤 에어와 설산의 오두막에서 대화 나눴고, 또한 서로의 몸을 끌어안았던 때를 떠올린다. 언제나 논리 정연하며 경계를 늦추지 않던 소녀가— 울면서 억지투정으로 분노의 말을 꺼내다가 감정을 훤히 드러내기까지 했다. 그때의 소녀도 틀림없이 에어라는 인물의 일부였다.

확실히 아직 서로를 이해하지 못한 문제도 많다.

몰래 숨겨 둔 부분도 많다.

어쨌든 그럼에도 처음 만났을 때처럼 오직 서로를 이용하는 협력 관계에서는.

'조금은, 바뀌었나—?'

변화가 일어나고 있는 와중이 아니려나. 레인은 방을 나가기 전에 에어가 둘러 감고 있는 모포를 젖혀서 소녀의 머리를 꺼낸 뒤 곧이어 머리카락을 빗듯 쓰다듬어봤다.

"……뭐하는 거야."

"빗질 대신이야."

"왜 이러냐는 의미로 물어본 건데……."

"그냥 좀, 불안해하는 것처럼 보이길래."

"……."

에어는 잠시 말이 없다가.

"뭐, 불안할 수도 있잖아."

모포를 뒤집어쓰며— 표정을 못 읽도록 가린 채 입을 열었다.

"데드림은, 카이세이라는 남자한테 조종당했어—. 그 가능성을 완전히 부정할 수 없는 이상, 같은 망령인 나도 조종당하지 않았다는 걸 누가 장담할 수 있는데?"

그래, 당연한 생각이었다.

망령 데드림은 서약의 탄환을 맞은 상태였다.

어쩌면 망령을 만든 인물일지도 모르는 카이세이라는 장교에 의해.

또한 그렇게 데드림이 자각도 못한 채 전장을 갈망하게 되었다면— 비슷한 소행을 본인은 겪지 않았을 것이라 어떻게 부정할 수 있을까.

"솔직히, 무서워."

에어는.

"여기에 있는 내가, 정말로 내가 맞을까. 행동은 전부 내 의사일까, 전란을 막겠다는 다짐마저도 내 소망이 맞기는 할까. 알 수가 없어. —아무것도 증명할 수 없어."

아무도 알지 못한다. 100년 전의, 생전의 에어를 아는 인간은 없으니까.

또한 레인도 어떻게 대처해야 할지 알 수가 없었다.

에어가 얼마나 깊이 고민하는지도, 그 심각함도.

이 의문만큼은— 에어밖에 감당할 사람이 없을 것이다.

그러므로.

"……잠깐."

"응?"

"너무 살갑게 만져주니까 고양이가 된 기분인데."

레인은 손을 뻗어주는 것이 고작이었다.

불안의 밑바닥으로 떨어지려고 하는 소녀에게, 옆에 있음을 대변하듯이.

"싫어?"

"싫은 게 아니라, 그냥…… 좀……."

툴툴거리면서도 에어는 움직이지 않는다. 가만히 손길을 받아주면서 제자리에 누워 있었다. 잠시 시간이 지나자 정말 신경이 쓰이지 않았음을 증명하려는 듯이 조용하게 새근새근 숨소리를 내면서 잠들었다.

그러나 레인은 한동안 더 에어의 머리를 계속 쓰다듬어줬다.

이유는, 소녀의 머리카락을 살짝만 쓸어 올려도.

'꾀잠……. 서투르구나.'

귀가 빨갛게 물들었기 때문에 왠지 재미있어서 한참을 더 쓰다듬어봤다.

강의동을 걷는 도중에 레인은 홀로 사색에 잠겼다.

'이번 사례는 여러모로 묘했어—.'

새로운 정보를 수집하기 전에 이제껏 얻은 정보를 먼저 정리해야만 한다.

'제2세대 엑세리아—.'

레인이 호위를 맡게 되었던 신형 기체.

당초 레인이 들었던 설명은 분명 『실전 투입까지는 거리가 먼 기체』였다.

플로 엔진.

새로운 엔진을 탑재한 것이 전부인 시험기라고.

그러나 막상 뚜껑을 열어보니 약간의 적응만으로 강력한 일

격을 발사할 수 있는 기체였다. 분명 그 기술이 양산된다면 세계는 대폭 변화할 것이다.

다만 레인은 엑세리아의 개발에 대해 조금은 조예가 있다. 플로 엔진의 개발에도 관여했었기에 비로소 느낄 수 있는 위화감이지만, 그 기체는 『완성이 지나치게 빨랐다』는 생각이 든다.

2년 전 간신히 엔진 구조를 설계했던 기술일 텐데.

그리고 거기에서 실전에 사용할 수 있게 발전시키자면 아무리 빨라도 10년은 걸리는 것이 보통이다.

신병기의 개발은 그만큼 긴 세월이 걸린다.

그런데, 적어도 『포문형』은 2년 만에 실전 투입의 수준을 달성했다.

동방국에는— 딱히 재력도 인원의 여유도 없었을 텐데.

'…….'

두 번째, 설산에서 만났던 『정체불명의 기갑 부대』다.

데드림 및 이스나와 도중까지 협력할 수 있었던 요인은 물론 소속 불명의 세력이 등장했기 때문이었다.

동방국도 서방국도 아닌— 완전히 다른 세력이 제2세대 엑세리아를 빼앗기 위해 준비까지 해서 일행을 기다리고 있었다.

게다가 설산이라는 환경에 소대 규모의 전력을 투입해서.

마치 기체가 열차와 함께 탈선한 뒤 추락하리라는 것을 미리 알았던 것처럼—.

'마음에 걸리는데—.'

그리고 세 번째— 카이세이 레이스맨이라는 장교의 존재.

데드림에게 전장을 마련해주었고, 또한 서약의 탄환을 사용했을 가능성이 높다. 아울러 만약 모든 추측이 사실이라면 이번 사태와 도저히 무관계할 것 같지가 않다.

무엇인가—.

분명 무엇인가 관련되었을 것이다.

게다가 카이세이라는 인물 한 사람뿐이 아니다.

일련의 연쇄적인 사건 전부가 우연이었다— 그렇게 생각할 만큼 낙관적이지는 않았다.

근거라고 해봤자 감뿐이다.

이상하게 기분이 찝찝할 뿐.

그러나 이번 일련의 사건은, 아무리 생각해도.

'무엇인가—.'

무엇인가 큰 영향력에 떠밀려 다녔다는 느낌이 든다.

그것은 망령이라는 존재가 전쟁에 내몰리고 있음을 알게 되었을 때 느꼈던, 무엇인가에 유도를 당하는 듯한 정체를 알 수 없는 섬뜩함이었다.

'…….'

생각하면서 학원 안 안뜰에 다다랐다.

그곳은 평소와 같은 광경이었다. 이스나 콜이 사라지고— 아마도 데드림이 망령이 되어 태어나지 않았을 이 세계는 이미 익숙한 본래의 풍경을 유지하고 있어야 한다.

그럼에도 역시— 무엇인가 만들어진 광경을 본 느낌을 받는다면 너무 신경질적일까.

—어쨌든 간에.

레인은 딱히 근거도 없는 불안을 기분 탓이라며 한 차례 머리를 흔들어 떨쳐 냈다.

지금 필요한 것은 객관적인 사실뿐.

레인의 목적지는 도서관이었다.

그곳에서는 일간 신문을 갈무리해 두기에, 새로 『재편성』된 세계를 알기에는 정보 매체로서 가장 우수했다.

그러나 레인이 안뜰을 지나 교사로 들어가려던 때에.

"—레인!"

뒤쪽에서 이름 부르는 목소리가 들렸다.

마치 드디어 찾아낸 인물에게 건네는 듯한.

"기다려!"

어딘가 간절함이 느껴지는 목소리.

그것은.

"애슬리……?"

"헉, 헉헉, 겨우, ……찾았어……!"

달려온 애슬리는 숨을 거하게 헐떡거리고 있었다. 급한 용건이라도 아닌 한 이토록 숨이 헐떡거리도록 사람을 찾아 돌아다니지는 않을 것이다.

따라서, 이 세계에서 자신은 무엇인가 찾을 필요가 있는 행동을 저질렀을 것이라 생각했지만.

"다행이야, 무사해서, 상처는……!"

“……상처?”

“아아, 다행이야…….”

호흡이 거칠어서 말은 더듬더듬하는 단어였다. 그러나 제대로 들린 단어는 무사함을 묻는 질문에 상처를 운운하는 살짝 불온한 발언들.

—무엇인가.

이 세계에서는 정말 자신에게 무슨 일이 있었던 건가?

자신의 몸을 내려다봐도 아무 상처가 없다. 아픈 부위도 없을뿐더러 기분이 나쁘지도 않다. 다만 머리를 너무 쓴 탓에 머리가 무거울 뿐이었다.

그럼 어째서— 애슬리는 이리저리 달려다니며 자신을 찾았을까?

이토록, 조바심에 찬 표정으로—.

“애슬리, 무슨…….”

“……고마워.”

“뭐?”

“확인은 마쳤어.”

……확인?

“또 나중에 보자, 레인. 나는, 갈 데가 있어.”

말을 마친 뒤 애슬리는 걸어서 떠나갔다.

정말로 단지 『확인』을 위해 온 듯한데, 그나저나 무슨 확인이었을까.

—무사함을, 언급했었다.

그러나 지금 세계에서 레인에게 위기라고 할 만한 위기는 분명 없었을 것이다. 개변되기 이전의 세계에서는 골짜기 아래로 열차와 함께 추락하는 위기 상황에 휘말렸었지만, 전부 다 이제는 없었던 일.

지난 시간을 기억하는 사람은 에어와 레인뿐이다.

세계의 개변을 인식 가능한 자는— 악마의 탄환을 사용한 적이 있는 인간뿐이다.

'……나중에 물어보자.'

레인은 정보 수집을 위해 도서관으로 향했다.

이른 아침인 이유도 있어 완전히 무인이었다.

그 때문에.

"크—!"

쨍그랑! 유리 깨지는 소리가 울려 퍼졌던 것은 레인의 행동 때문이었다.

"이게, 뭐야—."

경악해서 신문을 책상에 내던졌고, 그 반동으로 책상 위 병이 흔들리다가 떨어져서 깨졌다.

유리가 흩어져 있는 와중에 레인은 신문의 일면에 실린 글자를 뚫어져라 쳐다볼 수밖에 없었다.

개변된 이후의 세계—.

그곳에서 일어났던 사건을.

거짓이 없는 사실로서.

『수도 아레스트라에 서방국이 침공을 개시』

『이미 사망자 삼천 명』

『피해자 수는 더욱 증가하여 내일은 오천 명을 넘을 전망』

『서방국의 제2세대 엑세리아 「백병형」에 의한 피해가 극심』

'서방국의…… 제2세대라고?'

—말도 안 된다.

제2세대 엑세리아는 오직 동방국의 기술이었을 텐데.

그러나 이 기사가 사실이라면 서방국은 이미 제2세대 엑세리아를 손에 넣었다는 뜻이다.

게다가— 실전 투입이 가능한 완성형으로.

'무엇인가—.'

무엇인가가 크게 바뀌었다.

바뀌버리고 말았다.

악마의 탄환으로.

'나는— 우리는, 이미.'

돌이킬 수 없는 단계에 발을 들여놓았다.

바뀌어 가는 커다란 흐름— 그 속에 있음을 자각하고.

'무엇이, 바뀌었지? 아니— 바꾸어버렸나, 나는.'

정체를 알 수 없는 실감만이 느껴졌다.

■작가 후기

시리즈의 두 번째 책입니다.

다시금 만나 뵙게 되었습니다. 진심으로 감사드립니다.

2권을 돌이켜보며 짧게나마 이번에 활약했던 캐릭터의 이야기라도 할까 합니다.

①『데드림』

이 이야기의 주역인 「망령」이라는 존재입니다만, 1권에서 등장한 에어, 알렉, 킬리리스까지 세 명에 이어 네 번째 망령이 되겠습니다. 캐릭터의 근간은 「검을 들고 날뛰는 아이」입니다. 긴 흑발에 검을 들었다는 정도밖에 이미지가 없었던지라 본문이 끝난 뒤 비주얼을 떠올렸을 때 헤어밴드를 둘러주면 귀엽겠구나 생각했었죠. 그런데 아무런 말을 안 했는데도 TEDDY 씨가 그려주셨습니다. 뭘 좀 아시는 분!

②『이스나』

데드림의 소꿉친구이고 아마도 이번 권에서 가장 불쌍한 사람. 캐릭터의 근간은 「또 한 명의 레인」. 성실하고 매사에 열심이면서 능력도 있어 쭉 노력해왔지만, 이래저래 복이 없는 사람. 그러나, 그럼에도 꺾이지 않는 게 히어로입니다(제 마음속에서).

③『클레이스』

2권에서는 그냥 나쁜 사람으로만 보일 테지만요, 근본은 좋은 사람입니다. 몇 년 동안이나 사람의 생사에 관여하면서 뼈아픈 실패를 거듭하는 동안 저절로 엄격해졌다는 느낌이군요. 캐릭터의 근간은「딸의 남자 친구에게 엄격한 어머니」였습니다. 얘야, 저딴 남자랑은 헤어지렴! 이렇게요. 클레이스에게 망령 에어는 친구이자 전우이며 마음 불안해지는 날라리 딸이라는 느낌입니다.

④『카이세이』

이름만 등장. 남몰래 이것저것 활동 중입니다.

⑤『애슐리』

분명히 또 한 명의 히로인인데도 등장이(이하 생략). 다음에는 주역이 될 예정입니다.

편집부의 여러분, TEDDY 씨, 와시오 나오히로 씨, 관련 업무에 종사해주시는 분들께.

여러분의 덕분에 무사히 두 번째 권도 출간됐습니다. 비틀비틀하던 제가 어떻게든 서서 버텼던 것은 모두 여러분께서 힘을 더해주신 덕분입니다. 진심으로 감사드립니다.

독자 여러분께.

수많은 서적 중 본서를 선택해주셔서 이보다 더 기쁠 수가 없는 심정입니다. 또 읽어주실 수 있도록 정진, 노력하겠습니다. 다시 만날 수 있다면 저도 행복할 겁니다.

그러면 이만— 또 어딘가에서.

만나 뵙기를 기대하겠습니다.

우에카와 케이

꿰뚫린 전장은 거기서 사라져라 2
—탄환 마법과 고스트 프로그램—

초판 1쇄 발행 2020년 11월 10일

지은이_ Kei Uekawa
일러스트_ TEDDY, Naohiro Washio
옮긴이_ 김경래

발행인_ 신현호
편집부장_ 윤영천
편집진행_ 김기준 · 김승신 · 원현선 · 권세라 · 유재슬
편집디자인_ 양우연
국제업무_ 정아라 · 전은지
관리 · 영업_ 김민원 · 조은걸 · 조인희

펴낸곳_ (주)디앤씨미디어
등록_ 2002년 4월 25일 제20-260호
주소_ 서울시 구로구 디지털로 26길 111 JnK디지털타워 503호
전화_ 02-333-2513(대표)
팩시밀리_ 02-333-2514
이메일_ lnovelpiya@naver.com
L노벨 공식 카페_ http://cafe.naver.com/lnovel11

UCHI NUKARETA SENJO HA, SOKO DE KIETEIRO Vol.2
-DANGAN MAHO TO GHOST · PROGRAM-

ISBN 979-11-278-5741-7 04830
ISBN 979-11-278-5573-4 (세트)

값 7,800원